Louis Saïs

La nouvelle Judith

© 2020, Saïs, Louis
Edition : Books on Demand,
12/14 rond-Point des Champs-Elysées, 75008 Paris
Impression : BoD - Books on Demand, Norderstedt, Allemagne
ISBN : 9782322205530
Dépôt légal : février 2020

1

Léa avait tout réussi. En tête de sa classe depuis la sixième jusqu'à la classe terminale, elle était titulaire d'une bourse d'études depuis le début de sa scolarité, sa mère étant seule pour l'élever.

Elle s'apprêtait, dès la fin septembre à entrer à l'université. Elle avait réfléchi, ces dernières années, à ce qu'elle voulait faire plus tard et, comme la plupart des adolescentes, avait changé d'avis plusieurs fois, de sorte qu'au fil du temps le choix de son futur métier devenait de plus en plus problématique. Elle aurait voulu un métier dans lequel elle pût rencontrer et fréquenter beaucoup de monde, des gens très différents les uns des autres, ayant accompli de grands exploits, ou bien exerçant des fonctions dont elle ne soupçonnait même pas l'existence. Finalement, n'arrivant pas à se décider, elle avait choisi de procéder par élimination.

Quand elle était toute petite elle se voyait bien magistrate « Pour pouvoir mettre en prison tous les méchants », disait-elle. Elle se voyait dans la grande salle d'un tribunal en face d'un grand méchant obligé de raconter devant tout le monde, la tête basse, accablé par la honte, ce qu'il avait fait, avec plein de détails, un peu comme dans les histoires de sorcières qu'on lui racontait le soir pour l'aider à s'endormir et dans lesquelles le méchant ou la méchante finissaient toujours par être punis et jetés en prison. Et dès qu'elle en aurait fini avec l'un de ces malfrats, un autre suivait et ce serait une autre histoire, avec d'autres personnages qui demandaient justice et ce serait elle qui aurait le dernier mot. Et cela ne finirait jamais, elle aurait une histoire vraie chaque jour et même deux par jour.

Cela entrait très bien dans la catégorie des professions où on voit beaucoup de monde, mais dans sa tête d'enfant, au moment de prendre la décision qui devait l'engager pour toute la vie, elle s'aperçut que les juges n'ont affaire qu'avec des délinquants, comme s'il n'y avait qu'eux dans notre société, ce qui la refroidit beaucoup, et elle laissa cette profession à d'autres.

Quand elle fut un peu plus grande, elle pensa devenir médecin. Elle connaîtrait alors toutes les maladies et le moyen de les guérir. Là, elle verrait encore plus de monde, des hommes, des femmes, des enfants accompagnés par leur maman, chacun viendrait avec sa maladie et repartirait guéri, et comme il n'existait pas deux personnes identiques, elle ne s'ennuierait jamais. Et si, par malchance, elle tombait elle-même malade, elle n'aurait besoin de personne puisque, connaissant par cœur tous les médicaments, elle n'aurait qu'à se servir et serait vite rétablie.

Là, elle verrait encore plus de monde, en effet, mais rien que des malades, tous malades, ils avaient un point commun, ils se plaignaient tous. Cela la déprima et cette fois encore, elle abandonna.

Plus tard, une fois adolescente, l'idée de devenir professeur et d'enseigner la matière qui lui plaisait le plus, celle où elle était la plus douée, l'effleura un instant. Elle se trouvait bien au collège, elle se sentait grandir de jour en jour, c'était une sensation qu'elle ressentait surtout dans les salles de classe entourée d'adultes qui l'aidaient à connaître le monde et qui la faisaient rêver en lui parlant de pays lointains, et en lui apprenant les langues que l'on parlait dans ces pays-là. Elle les appréciait, ces adultes, et en quelque sorte les remerciait d'avance, mais quelques mauvaises notes inévitables en mathématiques lui dévoilèrent que tout n'était pas parfait et que, elle aussi, serait parfois obligée de mettre de mauvaises notes et cela lui déplut. Elle ne deviendrait pas professeur.

Pendant plusieurs années, le choix de son futur métier, qu'elle voyait maintenant dans un avenir très lointain, fut le dernier de ses soucis.

Une fois le bac en poche, il fallut bien prendre une décision.

Elle choisit donc une filière plus généraliste qui la mènerait à réaliser des projets, à diriger une équipe, bref, à travailler collectivement.

On ne l'appellerait pas « Maître » ni « Docteur » ni « Professeur », mais peu importait, les titres ronflants ne l'intéressaient pas.

Sa mère aurait pourtant bien aimé pouvoir dire plus tard, « Ma fille est juge, ma fille est médecin, ma fille est professeur, » ces titres l'auraient rassurée, elle n'aurait pas hésité une seconde lorsque la question lui aurait été posée. En revanche, pour définir ces métiers qui ne portent pas de nom ou plus précisément dont le nom ne figure pas dans le dictionnaire, elle serait obligée de faire des phrases, ce qui la gênait un peu.

Quand on répond : « Ma fille est médecin », le dialogue s'arrête là, il n'y a pas de questions subsidiaires, on n'en rajoute pas, cela serait mal venu, en demandant combien de cancers elle a détectés le mois précédent. En revanche, si on répond : « Ma fille travaille dans un grand organisme de relations publiques», il faut alors s'attendre immanquablement à la même petite question subsidiaire :« Que fait-elle exactement ? » Et si on a la bonne idée de répondre : « Elle est dans le secteur des relations internationales », on est certain de s'entendre dire : « Ah... Alors, elle doit certainement voyager beaucoup ! »

L'entrée à l'université se fit sans problème particulier. Le peu d'argent qu'elle avait économisé plus l'aide au mérite que lui avait procuré sa mention « Très Bien » au baccalauréat lui permirent, en attendant le premier versement de sa bourse renouvelée, de se loger simplement, mais très convenablement. Elle n'aurait pas de longs trajets à faire, il n'y aurait pas de temps perdu.

Bien qu'elle n'ait eu que dix-sept ans, elle n'était plus une écolière, mais une étudiante, officiellement adulte et responsable, son affiliation à la Sécurité Sociale l'attestait. Avoir un numéro de « Sécu » bien à soi était la preuve que l'administration lui reconnaissait le statut de personne autonome. Elle n'était plus la « bénéficiaire » de sa mère. Une sorte de cordon ombilical qui la retenait encore à la maison était définitivement coupé.

Quoique aucun de ses camarades de terminale ne fasse les mêmes études qu'elle, les nouvelles liaisons ne se firent pas attendre, et à Noël elle savait où passer quelques jours de vacances parmi ses nouveaux amis.

On l'entoura beaucoup, on la sollicita, c'était à celui qui la ferait rire le plus, elle riait, oui, mais ils n'obtenaient pas grand chose, tout s'arrêtait quand ils commençaient à espérer. Elle aimait voir les garçons lui tourner autour, prévoir leur jeu, s'en amuser d'avance sans jamais les vexer, en accueillant leurs tentatives avec un rire éclatant accompagné d'une belle phrase ou d'une citation d'un auteur non-conformiste que l'on venait d'étudier. Ils étaient arrêtés dans leur élan, mais ne se décourageaient pas, ils reviendraient à la charge le moment voulu. Elle le savait, tout cela lui plaisait. Un seul garçon semblait insensible à son charme, il la saluait avec un léger sourire, sans plus et allait s'asseoir un peu plus loin sur un autre rang dont il avait pris l'habitude, toujours à côté de la même fille.. Les étudiants, quel que soit leur âge, aiment s'installer toujours à peu près à la même place et se retrouvent ainsi souvent avec les mêmes voisins. Ces places, désignés en début d'année par le hasard, deviennent des repères d'habitude vers lesquels on se dirige sans même y penser comme si on avait pris sur eux un abonnement et si on est le premier arrivé, on attend la venue des autres qui ne devrait pas tarder.

C'était le cas pour Audrey, une fille de nature pudique et tendre, qui inspirait le calme et apaisait le stress de ceux qui la fréquentaient. La malice du hasard la faisait asseoir souvent à côté de Robin avec qui elle échangeait toujours quelques phrases avant le début du cours. De phrase en phrase, de jour en jour, quelque chose était passé entre eux, comme un filet d'air doux qui les liait sans qu'ils le sachent vraiment.

La discrétion de ce garçon, son absence totale de fougue, sans la vexer vraiment, provoquaient toujours chez Léa un peu plus que de l'indifférence, un soupçon d'antipathie. Elle ne connaissait pas son nom et n'était pas pressée de le connaître.

Elle se demandait ce qu'Audrey lui trouvait.

Elle n'avait rien contre les garçons, bien au contraire, elle savait qu'elle était belle, car elle s'était souvent regardée dans une glace et leurs tentatives de séduction ne faisaient que le vérifier. Mais elle pensait que, dès que l'un d'eux aurait sa préférence, elle s'isolerait des autres qui iraient voir ailleurs, et en particulier des autres filles dont elle souhaitait l'amitié tout à la fois spontanée et désintéressée, ce qui lui avait si souvent manqué. Elle cherchait auprès des autres filles des valeurs et des centres d'intérêt communs, et commençait déjà à en trouver.

Léa aimait les groupes solidaires et détestait tous les clivages. Elle avait horreur des conflits. Au bout de quelques mois, un groupe s'était formé, sans véritable solidité, mais avec une bonne sympathie réciproque qui en assurait la cohésion. Ils étaient maintenant une demi-douzaine qui se retrouvaient sur les pelouses de l'université en attendant l'heure des cours. Au début, ils ne restaient que quelques minutes, mais, au fil du temps, ils arrivaient de plus en plus tôt et discutaient pendant un long moment.

L'hiver venu, il fallut trouver un endroit plus chaud, plus accueillant, ils se retrouvaient à la cafétéria ou dans l'un des nombreux cafés de l'autre côté de la rue.

Sylvie, l'extravertie, par son énergie, en était l'élément fédérateur, toujours décontractée, toujours prête à combler les temps morts comme si les silences un peu longs qui s'interposaient parfois, étaient en fait du temps perdu qu'il était urgent de rattraper. Elle avait proposé ou plutôt choisi le café où ils se retrouvaient, amorçait les sujets de discussion et prenait souvent la parole contre les garçons avec qui elle était peu souvent d'accord. On pouvait dire qu'après quelques mois, elle les connaissait bien les garçons du groupe, elle les avait tous essayés à des degrés divers, mais aucun ne lui était réellement attaché, car son énergie débordante leur donnait le tournis.

La dernière arrivée était Audrey, elle apportait son calme et son sens de la mesure.

Quand la discussion devenait nerveuse et que le ton semblait vouloir s'emballer, elle intervenait, et en deux phrases ramenait le niveau sonore à un degré raisonnable.

Léa attendait que la discussion soit largement entamée avant d'intervenir, elle leur démontrait, selon son humeur ou suivant les jours, qu'ils avaient tous raison ou bien au contraire qu'ils étaient tous dans l'erreur. Comme l'argumentation dans le tout et son contraire était devenue sa spécialité, elle en tirait un réel plaisir et mettait tout le monde d'accord peu avant l'heure de se lever et de partir. C'était comme une partie d'échecs que l'on aurait interrompue avant que l'un des adversaires ait pu se considérer en position de gagner la partie. Tous perdants ou tous gagnants, elle adorait ce genre de conclusion.

Il y avait là Olivier dont le père était médecin et qui, par réaction contre lui, avait choisi des études aux antipodes de la médecine. Il n'avait pas de problèmes d'argent et les filles avaient parfois un café gratuit. Elles protestaient pour la forme quand il leur disait :

- Trop tard, mes belles, il fallait réagir plus tôt !

Une fois, elles s'étaient concertées, elles lui offriraient son café. Sylvie se leva discrètement et paya. Aussitôt qu'Olivier s'en rendit compte, il protesta.

- Trop tard, mon beau, il fallait réagir plus tôt ! Devant leur rire entendu et complice, il ajouta :

- Je suis confus, la prochaine fois, je payerai en arrivant. Je vais vous faire la bise à toutes pour vous remercier.

- Certainement pas ! répondit Sylvie. Un baiser pour un café ? Tu es très loin du prix du marché !

Le matin même, en cours, ils avaient eu un grand exposé sur les conséquences économiques du « prix du marché ».

Il y avait aussi Nicolas qui voulait changer le monde. Il en avait conçu la recette qu'il fignolait constamment. Il assistait régulièrement à tous les meetings organisés contre le réchauffement, contre les additifs, contre les pesticides, pour une meilleure agriculture, mais il n'en retenait pas grand chose, car aucune des idées avancées à grands cris, par les uns ou par les autres, n'était compatible avec la grande théorie que son cerveau cogitait.

- Ils ne proposent que des rustines, leur disait-il.

Il cherchait une méthode universelle qui aurait tout englobé, tout réglé à la fois et qui aurait mis toutes les contradictions à plat.

Il avait lu quelque part, qu'Einstein avait cherché toute sa vie l'équation universelle, mais ne l'avait pas trouvée. Pour tout l'ensemble de l'univers, évidemment, Nicolas se faisait une raison, mais pour l'écologie de notre toute petite boule sur laquelle nous habitons, il avait déjà quelques idées et pour le reste, c'était simplement, croyait-il, une question de temps. Il n'était pas pressé, il suffisait de persévérer.

Quand il pensait avoir trouvé une solution contre l'une des anomalies de la planète, il s'embrasait et l'exposait aux autres, mais n'en recevait, la plupart du temps, qu'une approbation évasive et polie, car, la malice du hasard aidant, il choisissait souvent mal son moment.

Il apprit, à ses dépens, qu'une idée, si bonne soit-elle, ne peut pas être reçue et approuvée à n'importe quelle heure de la journée. Il faut un temps pour tout, et il en avait déduit, entre autres, que les instants qui suivent les dernières gouttes de café dégusté calmement après le repas de midi, étaient toujours hermétiques à toute acquisition d'idées nouvelles.

Cela dit, il était aimé de tous, sans doute parce qu'il était le seul à s'être fixé un but à long terme, sublime et universel, quand les autres n'en avaient pour le moment, aucun. Ils l'appelaient souvent sans qu'il le sache, « l'idéologue ».

Robin s'intégra au groupe sans vraiment le chercher, un peu en « auditeur libre », parce qu'Audrey l'y avait entraîné par sympathie, et comme il aimait le café et que l'attitude de Sylvie l'amusait beaucoup, assez rapidement, il s'était senti à l'aise parmi eux.

Il avait même pris goût à leurs discussions et comme il avait le verbe facile, il intervenait de plus en plus souvent.

Vus de l'extérieur, Audrey et Robin semblaient faits l'un pour l'autre, c'est ce que tous croyaient, et sans jamais en parler entre eux, aucun n'eut été surpris d'une liaison commune. Mais en réalité, ce qui n'apparaissait pas du tout dans sa façon de se comporter, Audrey avait besoin d'un partenaire un peu fougueux qu'elle pourrait calmer avec des mots tendres. Elle ne l'avait pas encore trouvé, mais ne cherchait pas vraiment. Ce que l'on trouve sans l'avoir cherché est rarement décevant, pensait-elle. Elle avait lu cette phrase quelque part et l'avait faite sienne. Mais étant plutôt prudente sur l'universalité des maximes, elle renoncerait à celle-ci dès qu'elle serait mise en défaut.

Au début, Léa n'apprécia que très modérément l'arrivée de Robin dans le groupe, mais puisqu'il semblait être de toute évidence le copain d'Audrey, elle ne manifesta aucune agressivité à son égard et fit preuve d'un attentisme prudent. Elle aimait bien Audrey. A chacun ses goûts, pensait-elle, pourvu qu'on ne me demande pas de les partager.

Cependant, au cours du temps, elle fut de plus en plus sensible à la façon de parler de Robin, sans jamais employer de mots d'argot, ses phrases étaient bien construites, ses arguments portaient, et assez rapidement la réaction d'antipathie qui, quelque temps auparavant avait, sans raison, pénétré dans sa tête, s'évapora totalement.

Un jour qu'ils étaient seuls, dans les couloirs de la fac, au cours de leur conversation, il laissa échapper involontairement le fait qu'il était boursier et devait gérer son argent très attentivement pour pouvoir tenir jusqu'à la fin de l'année.

Il éprouva aussitôt une pointe de regret d'avoir livré sans précautions, sans aucune retenue, une telle situation. Pourquoi avait-il confié cela à Léa qu'il connaissait si peu, qui avait montré à son égard une certaine tiédeur, et dont il ignorait l'usage qu'elle en ferait.

Cette confidence apparemment anodine pénétra Léa qui ne s'y attendait pas. Spontanément, sans réfléchir, dans la foulée, elle aussi éprouva le besoin de se livrer.

Il entendit à côté de lui, une voix qui lui disait :

- Moi aussi, je suis boursière, nous sommes donc à la même hauteur de l'échelle sociale. Personne ne nous mettra le pied à l'étrier. Si on ne nous fait pas de coup tordu, on réussira aussi bien que les autres.

Elle dit cela avec un léger sourire signifiant qu'il fallait en prendre son parti.

Il y eut une courte pause, un de ces silences chargés de secrets, qui rapprochent deux êtres, puis elle ajouta :

- Puisque les autres ne le savent pas, c'est comme si nous étions à leur niveau.

Robin comprit parfaitement ce que cette phrase signifiait. Ils savaient tous les deux, par instinct qu'il valait mieux ne pas trop ébruiter inutilement cet état de fait. Dans certains milieux étudiants, le degré de camaraderie élémentaire que l'on peut espérer dans les groupes dépend toujours du rang social, ils en avaient déjà fait, tous les deux, l'expérience.

Rien dans leur attitude ne laissait percevoir de l'extérieur que quelque chose de nouveau existait désormais entre eux, qu'ils savaient quelque chose l'un de l'autre, sauf peut-être le regard de Léa, moins neutre, plus bienveillant, quand elle se tournait vers lui, mais il aurait fallu être très attentif pour détecter une telle subtilité.

L'année se terminait. A un mois des examens chacun sentait qu'il devait s'y préparer tout seul, mettre au clair le contenu des cours, laisser de côté les parties qui manifestement ne pouvaient pas sortir, parce que trop vagues, et se focaliser sur les points fondamentaux. On ne pouvait pas insister sur tout, il fallait faire des choix stratégiques, ce fut fait, là est le secret de la réussite aux examens.

Il restait l'aléa que tout examen comporte en lui. C'est lui qui provoque le stress même chez les meilleurs, état anormal dû à la crainte qu'un esprit tordu n'ait posé des sujets infaisables. La question devient alors :« Le travail de l'année payera-t-il » ?

Pour l'ensemble du groupe, le travail paya, et le résultat fut au rendez-vous.

Léa et Robin se sentirent doublement soulagés, leur bourse serait automatiquement reconduite, ils se regardèrent sans dire un seul mot, et chacun des deux lut cela dans les yeux de l'autre. Ils auraient, tous les deux, de quoi vivre pendant un an.

Ils fêtèrent tous ensemble leur succès dans un restaurant au bord de la Saône, cela se termina très tard. Ils échangèrent, sous les étoiles, tous leurs numéros de téléphone, ils promirent de donner régulièrement de leurs nouvelles, s'embrassèrent à tour de rôle, et le groupe se dispersa.

Chacun sait que les groupes qui se dispersent ne se reconstituent jamais vraiment.

2

Seul Robin donna de ses nouvelles. Léa en fut touchée, c'était plus que de simples nouvelles, elle reçut une très longue lettre qui parlait de lui simplement, avec des mots choisis, des phrases qui portaient, qui la faisaient rêver, expressions qu'elle n'avait jamais lues provenant d'un garçon de son âge. Sans rien demander, il donnait envie de dire oui, oui à quoi ? elle ne savait pas ; de le retrouver, oui, de le retrouver.

Ils s'accordèrent un long week-end loin de chez eux, loin par la distance et très loin par la pensée. Ils traversèrent de grands bois par des sentiers étroits et ombragés, puis, lorsque peu à peu, les clairières se succédèrent et que l'herbe verte remplaça le tapis de mousse et de feuilles mortes ils plantèrent leur tente minuscule au bord d'un petit lac dans lequel ils se baignèrent. Ils étaient seuls dans un autre monde fait d'odeurs et de silences entrecoupés de leur propre voix. Très haut, dans le ciel, un avion qu'on distinguait à peine laissait une longue traînée blanche, mais lui aussi était silencieux et lorsque le soleil, une fois couché, laissa paraître les premières étoiles, ils rentrèrent chez eux, dans leur tente et s'endormirent en se serrant l'un contre l'autre.

Ils étaient ensemble pour tout oublier, la fac, les cours, les autres, rien que de l'air frais qui nettoyait leurs poumons et lavait leur cerveau. Il fallait faire de la place pour y faire pénétrer tout le contenu de la deuxième année et en même temps, ils voulaient créer entre eux un lien dont ils ne se souciaient pas de la solidité, mais qui les séparait des autres.

« Ils ne savent pas, ils ne doivent pas savoir, cela ne les regarde pas », pensait chacun de son côté.

Il n'y avait pas vraiment d'amour, croyaient-ils, rien que du bien-être, du charme partout autour d'eux, une sensation de détente partagée, d'échange total de mots, de gestes et de pensées, comme s'ils vivaient ensemble depuis des mois. Nul n'aurait pu deviner que ce couple n'existait pas vraiment, que c'était la première fois qu'ils goûtaient à la vie réelle ensemble, loin de toute contrainte, sans rien se promettre, en s'offrant tout ce qu'ils possédaient et à cet âge on possède le monde entier. Chacun des deux offrait tout l'univers à l'autre.

*

Les cours avaient repris depuis déjà un mois quoique l'été se fît prier pour laisser la place à la grisaille d'automne. Le matin, le soleil semblait très pâle, engourdi par la rosée, mais à la mi-journée, il reprenait le dessus et tout l'après-midi, il était encore maître du temps en faisant durer l'illusion estivale jusqu'au soir. Ce n'est qu'une fois couché et que les premières fenêtres s'éclairaient, que l'on sentait le besoin d'une petite laine.

Le groupe, qui paraissait indestructible trois mois auparavant, s'était partiellement disloqué. Olivier avait disparu, aucune nouvelle de lui, il ne répondait pas aux « sms » de Sylvie, la seule qui voulait savoir où il était passé. Elle ne supportait pas qu'il ait pu les oublier tous comme s'ils n'avaient pas existé. Elle lui en voulait, l'aurait griffé s'il s'était brusquement présenté. Avait-il changé de fac ? Le comble eût été qu'il s'inscrive à la fac de médecine ! Qui sait ! Quant aux autres, ils ne pensaient plus à lui depuis longtemps et l'avaient presque oublié. Ils ne comprenaient pas pourquoi Sylvie s'acharnait.

Nicolas était toujours là, mais les options choisies correspondaient à des horaires disparates et, de ce fait, on ne le voyait pas souvent.

Il fit une tentative pour se rapprocher intimement d'Audrey dont le calme l'impressionnait toujours. Elle était la seule à l'écouter jusqu'au bout sans l'interrompre, ce qui lui donnait l'illusion qu'elle était d'accord sur tout. En fait, elle n'était d'accord sur rien, mais subissait tout de même l'attirance de Nicolas et écoutait ses théories d'un air attentif comme on écoute un quatuor à cordes en sourdine tout en travaillant.

Avait-il tenté de la faire adhérer à ses thèses en se faisant aider d'un oreiller douillet ? Possible, bien que, comme pour le reste, ce n'était jamais le bon endroit ni la bonne heure. Il avait un gros problème d'anticipation. Personne n'a jamais su ce qu'il y avait réellement entre eux, Audrey n'était pas une fille à faire des confidences sur tout ce qu'elle faisait avant de s'endormir. Cependant, quand Nicolas n'était pas là, il lui arrivait d'avancer une phrase qui venait, à ne pas douter, directement de lui, ce qui entraînait de la part des autres filles un imperceptible échange de regards complices.

Il commençait à déteindre sur elle.

Sylvie, Audrey et Léa avaient choisi les mêmes options, elles se voyaient donc tous les jours, étaient devenues inséparables, et peu à peu, de semaine en semaine, à leur insu, un transfert d'énergie se faisait entre Sylvie, qui en avait à revendre, et Léa, qui en manquait. Ce repli sur elle-même qu'elle traînait depuis son enfance s'atténuait, s'estompait, sous les confidences très libres et la vitalité débordante de son amie.

Sans vouloir l'imiter totalement dans ce qu'elle considérait parfois comme des excès, elle se sentait évoluer et se trouvait de mieux en mieux dans son corps, s'épanouissait. Même sa façon de s'habiller changea.

Un autre garçon, Eric, fit son apparition. Il était à l'aise dans toutes les situations, et, quand il parlait, il fallait courir derrière ses mots car, tout comme Rambo qui tirait au fusil-mitrailleur sans avoir le temps de recharger, il alignait les phrases sans avoir le temps de respirer. On était loin des répliques pesées et calculées d'Audrey. Il n'excluait pas de faire de la politique, plus tard, beaucoup plus tard, disait-il, tout en y pensant dès maintenant. Pour le moment, il n'adhérait à aucun parti, même pas à une association étudiante, il ne militait nulle part, car rien n'était parfait à ses yeux. A quoi bon adhérer à quelque chose dont on ne partage pas la totalité du contenu. Songeait-il à créer, à lui tout seul, un parti politique ? Il avait toujours un discours mi-galant mi-sociologique. C'était un solitaire, très sociable, mais solitaire. Il se disait catholique pratiquant bien que fréquentant très peu les églises pour des raisons personnelles, disait-il, sans jamais les préciser.

Il parlait de saint Augustin comme s'il l'avait connu personnellement, mais ne s'avançait jamais trop sur des sujets qui auraient pu le mettre dans l'embarras.

C'est le genre de garçon qui plaît aux filles dans un premier temps, quitte à nuancer plus tard l'attrait qu'il a éveillé en elles. Il était là pour acquérir quelques notions d'économie, disait-il encore, ce qu'il faisait d'ailleurs très consciencieusement, même si le résultat des examens semblait être le dernier de ses soucis.

- C'est indispensable, disait-il, sans préciser s'il parlait pour lui ou si c'était un conseil général à l'usage de tous les autres. Seule la philosophie le passionnait vraiment, mais pas toute la philosophie, une partie seulement : la philosophie politique. Lui aussi avait, tout comme Nicolas, des idées théoriques en gestation, mais beaucoup moins pragmatiques, très éloignées des détails de la vie courante qui auraient pu faire diversion et l'éloigner de son fil conducteur.

Il ne savait pas ce qu'il ferait plus tard, mais il s'armait en quelque sorte pour pouvoir, le moment voulu prendre la direction qui lui conviendrait le mieux, le créneau qui surgirait devant lui au moment le plus inattendu. A aucun moment il n'envisagea que le fait de toucher à tout sans rien terminer risquait de le conduire à une impasse.

Le point fort de ses réflexions philosophiques était la gestion parfaite d'une société démocratique. Le mot « démocratie » revenait pratiquement à chacune de ses phrases. Il parlait toujours des garde-fous à mettre en place pour que les scrutins soient vraiment représentatifs et que les résultats soient positifs et permettent d'avancer dans la recherche du bonheur universel. Il se gardait bien de définir ce qu'il entendait par « positif », il n'en était pas encore là. Bref, une totale démocratie qui à elle seule aurait résolu tous les problèmes. Vaste programme théorique dont nul n'est jamais arrivé au bout et que personne n'a jamais entrepris. Mais il reconnaissait lui-même que le nombre de garde-fous à mettre en place était énorme, voire même incommensurable compte tenu du nombre total d'inconscients qui voulaient voter.

Au début de ses exposés, tout paraissait clair, mais dès l'arrivée des premières objections, il se lançait dans de telles explications, si fumeuses, si tordues, qu'elles décourageaient immanquablement les meilleures volontés.

Seule Audrey semblait ravie. Dans son for intérieur, elle adorait les théoriciens de tout poil, même si elle les regardait parfois d'un œil dubitatif. Elle se comportait avec lui comme avec Nicolas ce qui avait le don d'agacer ce dernier, soupçonnant en lui, à tort ou à raison, un rival potentiel. Mais Nicolas savait aussi qu'Audrey n'appartenait à personne et qu'il serait inutile et assez malvenu de montrer de l'hostilité à l'égard d'Eric, ce qui aurait eu pour effet de le rendre antipathique et aurait poussé Audrey à s'intéresser davantage au nouvel arrivant. Tant qu'ils étaient à égalité vis-à-vis d'elle, il faisait semblant de ne rien voir et même d'adhérer aux idées farfelues qu'il entendait.

Cependant, ils travaillaient tous de façon intense et les petits à-côtés de fin de semaine qui avaient lieu chez l'un ou chez l'autre n'étaient que des petites pauses pour ramener le stress de chacun à un niveau raisonnable.

Audrey était certainement la plus douée, la plus rapide, la plus efficace dans l'organisation de son travail, qualités qu'elle cachait sous une apparence de tranquille nonchalance. Il était impossible de deviner quel métier elle ferait plus tard, si elle le savait elle-même, elle le cachait bien.

*

Cette deuxième année se déroulait depuis de début sans aucun fait significatif si ce n'est un certain flou qui accompagnait de plus en plus souvent les exposés magistraux de certaines options. Un maître de conférences arrivé tout en début d'année semblait vouloir chambouler le fonctionnement traditionnel des cours et la façon de travailler. Tout le long de l'année, cela les avait déroutés et Léa avait nettement l'impression de tourner en rond sans rien retenir de concret. A l'approche des examens, une certaine inquiétude plana parmi les étudiants à propos des modalités des épreuves qui seraient proposées. Un examen, cela se prépare. Il ne suffit pas d'apprendre, il faut adapter ses connaissances à la spécificité de l'épreuve. On ne s'entraîne pas pour un cent mètres-haies comme pour un marathon. On s'apprêtait donc à passer des épreuves dont on ne connaissait pas clairement les modalités. Aucune épreuve blanche n'avait eu lieu. Léa, de nature plutôt soucieuse, exprima son inquiétude, à plusieurs reprises, mais Sylvie la rassurait toujours à sa façon.

- Ne t'inquiète pas, si on échoue, tout le monde échouera ! On n'a jamais vu un examen où tout le monde échoue !

Léa connaissait l'optimisme toujours outrancier de Sylvie et toutes ses réponses, faites à l'emporte-pièce, ne la tranquillisaient pas. Son instinct lui faisait pressentir que cela pourrait mal finir. Elle ne devait pas échouer, elle n'en avait surtout pas les moyens. Elle en voulut secrètement à son amie qui, sur le plan strictement financier, pouvait se permettre de redoubler tous les ans.

Le premier groupe d'épreuves, les trois langues, se déroula normalement. Léa sortit de là plutôt satisfaite, ce qui la rassura et effaça partiellement ses inquiétudes. Les deux jours de repos qui suivirent lui redonnèrent de l'assurance. Après tout, Sylvie avait peut-être raison.

Tout bascula subitement lors des épreuves suivantes. Elle ne voyait pas où on voulait en venir, une épreuve dans laquelle il fallait cocher des cases lui parut une véritable devinette, elle avait horreur de ça. Dans une autre épreuve, on pouvait répondre tout et son contraire. Elle en fut complètement déstabilisée, elle essaya de ménager les deux aspects, sans conviction, pour « sauver les meubles », mais en sortant elle s'effondra, elle savait qu'elle échouerait, qu'il n'y avait rien de vraiment logique, rien de positif dans ce qu'elle venait d'écrire et en ressentit un profond sentiment d'injustice. Ce qu'elle détestait le plus au monde, c'était les devinettes, elle y était allergique.

- Tout ça par la faute de ce type, il ne sait pas faire ses cours et, de plus, est incapable de rédiger clairement les sujets d'examen.

Si elle l'avait croisé dans un couloir, elle l'aurait giflé, mais il était parti, tranquille et sûr de lui, personne ne l'avait vu, personne ne l'a revu.

Huit jours plus tard, les résultats étaient affichés. En parcourant la feuille épinglée sur le mur, le visage de Léa devint dur, comme desséché, elle se crispa, puis ouvrit un peu la bouche pour rejeter quelque chose d'amer, comme si elle avait bu par inadvertance un verre de vinaigre.

Léa venait d'échouer sa deuxième année, elle devait redoubler, elle perdait sa bourse.

Sylvie et Audrey, certainement moins studieuses, mais avec plus de sens pratique avaient échappé de justesse au désastre.

Dans le fond, que voulait l'examinateur ? Que l'on prenne position pour ou contre, et qu'on la défende. Avoir raison ou avoir tort était tout à fait secondaire, c'était le style qu'il voulait, c'est cela qu'elles avaient compris et qui avait échappé à Léa.

Entre le premier des recalés et le dernier des reçus, l'arithmétique n'affiche qu'un écart dérisoire, quelques décimales, avec lesquelles le hasard farceur a joué aux osselets sur du sable en narguant tout le monde, et pourtant le résultat est un immense fossé, profond et abrupt, au fond duquel coule le ruisseau du temps qui sépare le monde en deux parties inégales.On ne peut le franchir que si on est sur la liste, car le seul pont qui restait a été enlevé juste après l'affichage des résultats. Le prochain pont est loin, à un an d'ici dans le sens du courant. Il faudra bien tout ce temps pour y parvenir si on ne cède pas au découragement.

Robin n'avait pas pris les mêmes options, il fut reçu partout. En face de Léa, il trouva les mots qu'il fallait, sobres et pleins d'espoir, car sous le visage mortifié qui s'offrait à lui, il voyait une fleur vivante dont le parfum donnait un sens à tout ce qu'il faisait. Il était amoureux d'elle tout autant que l'on puisse l'être quand on a moins de vingt ans et que l'on est étudiant. Il la voyait avec les yeux de l'amour, mais elle, avec quels yeux le voyait-elle ? Il n'était sûr de rien, elle était parfois si proche et parfois si distante.

Léa trouva auprès de lui, sinon une consolation, du moins un apaisement qui lui fit beaucoup de bien. Pendant plusieurs jours, ils ne se quittèrent pas. Il lui proposa d'habiter chez lui à la prochaine rentrée, ils partageraient sa bourse, il suffirait de se priver du superflu et de bien gérer le reste.

Léa fut très sensible au geste de Robin mais elle refusa, elle ne voulait pas être à la charge de quelqu'un qu'elle ne croyait pas aimer vraiment. Cela créerait une dette dont elle ne pourrait pas s'acquitter.

Ils ne se revirent plus pendant le reste des vacances. Elle chercha du travail pour les deux mois d'été, mais n'en trouva qu'au mois d'août dans un établissement de restauration rapide attenant à un supermarché. Elle remplaçait la titulaire partie pour trois semaines. Elle servait des plats tout prêts aux couleurs chatoyantes qui auraient fait le bonheur des artistes-peintres du dimanche, mais à l'aspect culinaire peu engageant, son estomac se contractait rien qu'en les voyant. Un court passage de quelques secondes dans un minuscule four à micro ondes les classait dans la catégorie des plats chauds. Même en prenant le minimum, au bout de la troisième bouchée on n'avait déjà plus faim et c'était machinalement, en pensant à autre chose que l'on finissait le reste. Son déjeuner consistait à avaler la dernière spécialité non vendue lorsque tous ses clients pressés étaient retournés à leur travail. Elle débarrassait aussi les tables, passait la serpillière et balayait la salle juste après la fermeture.

Cela lui rapporta un peu d'argent qui s'ajouta à ses économies. Combien de temps pourrait-elle tenir avec ça ? Sans doute pas toute l'année scolaire.

Elle annula le stage linguistique qu'elle avait prévu de faire en Angleterre. Heureusement qu'elle n'avait pas tout payé d'avance. Il fallait faire des économies, se priver de tout, il fallait tenir un an avec l'argent qui lui restait, et éventuellement un petit travail occasionnel de-ci de-là s'il se présentait.

Elle mit une annonce chez la boulangère pour donner les cours de soutien, mais n'eut aucune réponse. Pendant l'été, personne ne pense aux cours de soutien. La même tentative dans le hall de son immeuble ne donna rien non plus.

Elle décida de se perfectionner encore et encore dans les trois langues qu'elle maîtrisait déjà, avec des livres, des journaux, des enregistrements sonores et des émissions à la télévision. Elle se rendait compte des progrès, cela l'encourageait, lui donnait de l'élan, l'empêchait de ruminer son échec. L'été ne serait pas perdu.

Elle apprit même, pour se détendre, quelques mots d'italien et une phrase de russe : elle savait dire « Bonjour » en italien et « Je vous remercie » en russe.

Elle murmura « Je parle cinq langues » , en se moquant d'elle-même. La seule chose qui la faisait rire était de se tourner en dérision, mais c'était un rire à double sens. Ce rire nécessitait qu'on la prenne dans les bras, qu'on la couvre de tendresse, qu'on la persuade que ce qu'elle subissait n'était qu'un obstacle qui dans un an serait oublié. Mais il n'y avait personne pour désamorcer ses crises de cafard avant qu'elles ne prennent rapidement possession de tout son être et l'anéantissent.

Le facteur passait pratiquement toujours à la même heure, elle descendait aussitôt comme si elle attendait un courrier urgent. Chaque fois qu'elle s'approchait de la boîte aux lettres, une pensée folle lui traversait l'esprit : « Et s'il y avait eu une erreur, si j'avais un courrier rectificatif ? » Mais non, il n'y avait jamais d'erreur, jamais de courrier rectificatif, c'est dans les contes de fées qu'il y a de telles surprises, c'est pour faire plaisir aux enfants, pour qu'ils ne pleurent pas à la fin de l'histoire.

La boîte aux lettres était toujours vide, le monde entier ignorait qu'elle habitait là. Le monde entier ignorait qu'elle existait.

Elle compta et recompta ses économies avec anxiété, comme un pilote d'avion le regard rivé sur la jauge de carburant qui se demande s'il arrivera à l'aéroport le plus proche. « Je me débrouillerai, je me débrouillerai ! » disait-elle à voix haute pour se rassurer, mais la certitude apparente des mots et le timbre inhabituel de sa voix montraient, à qui aurait pu l'entendre, que le cœur n'y était pas et qu'elle doutait fortement de ses capacités.

Elle repensa plusieurs fois à la proposition de Robin et resta ferme dans son refus. Il y avait certainement une solution, mais ne voyait pas laquelle, elle la trouverait, il fallait qu'elle la trouve, elle en était capable.

3

La rentrée ne se fit pas dans l'euphorie. Sylvie et Audrey n'étaient plus là, quant à Robin, il faisait une spécialité dans un autre bâtiment tout au bout du campus et semblait très occupé. Était-ce une simple impression de la part de Léa, alors qu'elle aurait voulu se sentir constamment entourée, ou bien un réel refroidissement dû à la séparation des mois d'été, pendant lesquels Robin avait vécu sa vie comme il l'entendait ? Avait-il rencontré quelqu'un ?

Quand ils s'étaient retrouvés dans les jardins de la fac, il avait été tendre avec elle, mais n'avait pas insisté comme s'il ne s'était jamais rien passé entre eux. Elle l'avait trouvé tiède alors qu'elle avait besoin de tout oublier dans ses bras, dans son lit.

Elle n'avait rien dit, aucune déception n'avait transpiré, tout était resté à l'intérieur et ne faisait qu'ajouter à son inquiétude. « Pourquoi ai-je besoin de lui, ne suis-je donc pas capable de faire face toute seule ? »

Sa morosité s'effaça lorsqu'elle eut la liste de ses professeurs : certains déjà connus, les mêmes que l'année précédente, ayant toute une génération d'étudiants à leur palmarès, et deux autres bien plus jeunes qui firent la meilleure impression dès les premiers cours.

Elle avait donc déjà une partie du programme dans sa tête, il suffisait de le revoir régulièrement avec peu d'efforts pour le maîtriser totalement. Quant aux matières ayant conduit au désastre de l'année précédente, elles étaient maintenant enseignées avec une telle clarté qu'elles en étaient devenues passionnantes. C'est sur elles que porterait tout son effort.

L'un de ses anciens professeurs l'avait remarquée, s'était étonné qu'elle fut encore là, et lui avait demandé la cause de son échec. Sans faire aucun commentaire, son attitude semblait montrer que cela ne le surprenait pas totalement.

« Cette année, ça va marcher » lui avait-il affirmé.

Au point de vue pécuniaire, le problème subsistait. Elle plaça des petites annonces, chez les commerçants du quartier, pour du soutien en anglais, allemand et espagnol, mais rien n'y fit.

L'un des deux nouveaux professeurs demanda un jour si quelqu'un pourrait se libérer un soir de temps en temps pour garder ses enfants.

Léa n'hésita pas, tout était bon pour faire quelques sous. Une autre fille était intéressée, Sandra, mais elle fut devancée de quelques secondes. Elles ne se connaissaient que de vue.

- Je suis désolée, j'étais là avant toi.
- C'est juste, je n'ai rien à dire. Bonne chance.

*

Elle se rendit chez lui le samedi avant Noël peu avant huit heures. C'était assez loin de chez elle, elle prit le bus sans se préoccuper des horaires du retour. Le couple avait deux enfants encore en maternelle. Ils regardèrent Léa sans rien dire, avec ces grands yeux ronds d'enfant qui voient pour la première fois une inconnue dans la maison. Les parents les avaient avertis, leur avaient fait la leçon, c'était très nouveau pour eux, à quoi ressemblait-elle, cette personne qui allait les garder ?

- Vous vous couchez tout de suite sans chahuter, leur dit leur père. Léa éteindra la lumière dès que vous serez endormis. Et vous serez sages, car si vous n'êtes pas sages, Léa téléphonera directement au père Noël et il n'apportera aucun cadeau !

L'argument sembla porter, ils ne savaient pas à qui ils avaient affaire. Elle avait donc le numéro de téléphone du père Noël. Un grand silence montra qu'ils avaient compris l'importance de l'enjeu. Si elle n'aimait pas les enfants, elle téléphonerait au père Noël avant qu'ils aient ouvert la bouche, qui sait ? Une fois les parents partis, ils la regardèrent un moment dans un silence total, un peu inquiets, et voyant qu'elle n'avait pas l'air bien méchant, l'aîné qui allait passer en CP à la prochaine rentrée osa lui poser une question.

- C'est vrai que tu appelleras le père Noël ?
- Je n'aurai pas besoin, puisque vous serez sages. N'est-ce pas que vous serez sages ?

Ils dirent, ensemble, un petit « oui » très résolu en l'accompagnant d'un signe de tête qui ne laissait aucun doute sur leur sincérité. Mis en confiance par la douceur de la réponse, ils en profitèrent pour gagner quelques minutes avant d'aller au lit.

- C'est vrai que tu es une élève de papa ?
- Mais oui, c'est vrai !
- Et papa te gronde quand tu bavardes trop en classe ?

- Mais, je ne bavarde jamais en classe !.. et vous, vous bavardez en classe ?

Ils hésitèrent, mais il fallut bien avouer.

- Des fois, mais pas toujours... La maîtresse dit qu'il faut lever le doigt quand on veut dire quelque chose. Tu lèves le doigt, toi aussi, dans la classe de papa?

Léa, déconcertée par une question si inattendue, n'avait pas de réponse toute prête, et voyant que leurs paupières devenaient lourdes elle en profita.

- Et maintenant il est temps d'aller au lit !

Ils ne se firent pas prier car l'heure habituelle était déjà un peu passée et quelques minutes après, ils dormaient déjà.

Elle travailla ses cours jusqu'à minuit. Il la raccompagna sans qu'elle le demande, car, à cette heure là, il n'y avait plus de bus.

Le lendemain, elle avait cours. Elle aperçut Sandra dans les couloirs. Elles étaient toujours dans le même amphi et il leur arrivait parfois de se croiser et de se saluer. Qu'est-ce qui les fit asseoir un jour, l'une à côté de l'autre ?

- Ils sont beaux les enfants du prof ? demanda Sandra.

- Oui, ils sont très beaux.

Et elle ajouta avec un petit sourire : « comme lui ! » Le sourire de Sandra montra qu'elles avaient des goûts communs.

Ce fut le début d'une sympathie mutuelle qui devint très vite de l'amitié.

Léa retourna garder les enfants une demi-douzaine de fois, ils l'aimaient bien, mais c'était insuffisant, elle voyait son budget fondre de jour en jour, elle en apercevait maintenant le bout.

Il fallait prendre une décision.

On était encore fin février. Elle avait le choix, soit arrêter ses études et chercher du travail sans pouvoir faire valoir qu'elle avait réussi tout son cursus universitaire, soit trouver de l'argent pour terminer l'année et partir, le diplôme en poche.

Elle aurait trouvé du travail temporaire dans la restauration, mais on exigeait trop d'heures de présence. Dans la journée, c'était impossible, elle aurait raté les cours, et le soir, le travail se prolongeait trop tard dans la nuit.

La situation lui paraissait sans issue. Si elle avait pu emprunter... un prêt sur un an, dans un an elle aurait du travail, elle pourrait rembourser. Mais personne ne prête à quelqu'un qui n'a plus un sou, qui n'a que des diplômes à proposer comme caution.

Les diplômes ne peuvent pas être saisis ni revendus par les prêteurs, ils ne sont que des objets virtuels, comme des billets de train nominatifs, qu'une porte ouverte sur l'avenir de celui qui les a acquis.

*

Il neigeait un peu, depuis le matin, des flocons épars provenant d'un ciel bas qui procurait un froid hostile. Avec Sandra, elle avait trouvé une petite table ronde au fond du café, au chaud, en attendant de retourner au cours. Elles avaient une bonne heure devant-elles.

La salle, très fréquentée par les étudiants, était bondée, mais paradoxalement assez peu sonore, on pouvait se parler et s'entendre sans élever la voix, car une fois pour toutes, le patron avait été prié de ne pas diffuser de fond sonore et de garder pour lui, les derniers tubes générateurs d'otites.

Dans le cours de la conversation, Léa vint à évoquer son inquiétude concernant l'état de ses finances. Elle attendait, de la part de son amie, une phrase, ou simplement quelques mots, qui, sans l'aider à sortir de l'ornière, lui auraient fait du bien.

Sandra lui posa des questions, simples, directes, sans périphrases, sans les entrecouper de mots consolants. Léa lui répondait sans pathos en phrases très courtes, sans aucune émotion apparente pour lui montrer que leur amitié lui interdisait toute exagération.

- Écoute, lui dit Sandra, si c'était pour un mois, je pourrais t'aider, mais là, c'est trop. Tu sais, ou plutôt, tu ne sais pas, que moi aussi, j'ai les mêmes problèmes que toi, alors je vais te dire comment je m'en sors si tu me promets de ne pas l'ébruiter.

Léa ne voyait pas où elle voulait en venir. Elle promit d'un signe de tête et attendit.

- Je me fais payer par des hommes.

Sandra parlait à voix basse en s'approchant de son amie. C'était presque un murmure, Léa se demanda si elle avait bien entendu, mais lorsque les deux regards se croisèrent, elle eut la certitude d'avoir bien compris.

- Mais où, quand, comment tu fais ?

Sandra, toujours à voix basse, comme si elle parlait à elle-même, lui donna des détails.

Léa, troublée, était loin de se douter comment son amie finançait ses études. Elle eut une réaction viscérale, incontrôlée, malheureuse.

- Mais tu te prostitues, tu te rends compte ?

- Je t'en prie, Léa, ne me méprise pas, je ne suis pas une prostituée, je suis une étudiante qui n'a pas les moyens de payer ses études. Dans quelques mois, j'aurai un Master d'économie grâce à mon travail, j'aurai une place dans la société, peu importent les bassesses qu'il aura fallu faire pour y arriver. Je n'ai tué personne, je n'ai volé personne. Je suis prête à tout pour réussir, je n'ai pas trouvé d'autre moyen, j'aurai le temps d'avoir honte plus tard, pour le moment, je ne vois que le moyen le plus efficace.

Léa ne répondit pas, mais la réponse était dans son regard. L'heure s'était écoulée, il était temps de se lever et de sortir. Elle remonta le col de son manteau et mit son bras autour du cou de Sandra en quittant le café. En les voyant, on aurait pu penser qu'il y avait plus que de l'amitié entre elles.

Les jours suivants, elles se revirent chez Sandra. Elle lui donna plus de détails et peu à peu, elle se rendait compte que Léa était moins offusquée, moins contractée, en l'écoutant parler, comme si la situation était presque devenue incontournable. Parfois, une sorte de frémissement répulsif parcourait tout le corps de Léa.

- Je ne pourrai jamais.
- Tu ne le fais pas, avec Robin, lui demandait alors Sandra ?

Elle hésita un instant, avant de lui répondre. Sa relation avec Robin était restée discrète, elle s'était toujours efforcée qu'elle soit perçue, vue de l'extérieur, comme une simple amitié entre deux étudiants. Mais Sandra n'était pas dupe, elle lisait dans le regard des garçons tout ce qu'ils avaient obtenu.

- Si ! Mais le faire, et en parler froidement, ce n'est pas la même chose. Et ton copain, il est au courant ?

- Non, s'il savait, il me quitterait, les filles ne manquent pas, il n'aura aucune peine à trouver.

Sandra lui expliqua alors qu'il fallait passer par Internet. De nos jours, tout passe par Internet, ce qui est bien et ce qui ne l'est pas.

- Tout est déjà prévu, il suffit de s'inscrire, tu n'attendras pas longtemps. Il ne te restera plus qu'à sélectionner, c'est le plus difficile, il ne faut pas se tromper.

Les dernières phrases prononcées calmement par Sandra mirent Léa dans un état mental très inconfortable, elle se demanda si c'était bien raisonnable de s'orienter vers une telle solution.

- Moi j'ai un type, que je vois régulièrement, il est correct, sans plus, il paye sans problème, chaque fois, mais cela n'a pas été facile, il a fallu en éliminer beaucoup, soit directement sur le site, soit en les voyant dans un bistro. Si j'arrive à le garder jusqu'à la fin de l'année scolaire, j'aurai gagné. Après, pas besoin de cérémonie d'adieu, pas de sentiments, pas d'émotions, c'était donnant-donnant, plus il m'aura rapporté d'argent, plus vite je l'oublierai.

Léa pensa à Robin. C'était tellement agréable avec Robin. Et, en l'espace d'une seconde, son image s'estompa, ce n'était plus lui, c'était un corps qu'elle ne connaissait pas, dont elle n'avait pas la moindre envie. Elle se sentit complètement déconnectée, ce n'était plus elle, elle avait en face d'elle l'image de deux personnes qu'elle ne connaissait pas.

- Écoute, lui dit Sandra, moi, je suis déjà inscrite à un site, si tu veux, on peut faire une simulation, ainsi, tu verras comment ça démarre.

Léa n'était pas encore mentalement prête. Sans refuser la proposition de son amie, elle demanda un peu de temps, elle devait se faire à l'idée de vendre son corps.

- J'ai besoin de quelques jours.

Sandra n'insista pas, elle la comprenait, elle revoyait son propre état d'esprit quand elle s'était lancée dans ce jeu incertain.

Léa retrouva Robin deux jours après. Il avait le regard plein de tendresse, cela lui fit mal. Aurait-elle le courage ou plutôt l'audace de lui dire, sans sourciller, qu'il lui était devenu subitement indifférent ? Sa décision imminente pour trouver de l'argent, la situation équivoque qui allait en découler étaient incompatibles avec le comportement de Robin. Elle devait mettre un terme à leur liaison, maintenant, tout de suite, sinon elle traînerait constamment sur elle ce sentiment de culpabilité qui commençait à l'envahir.

La rupture, ou plutôt l'avortement d'un amour naissant se fit doucement, avec des mots simples, sans aucun argument qu'il pouvait contester. Des silences, de part et d'autre, participaient à la gravité du moment.

Robin ne dit rien, il avait toujours soutenu que personne n'appartient à personne. Il réussit à se contenir pour ne rien laisser paraître, aucune crispation sur son visage ne laissait prévoir une réaction violente et imminente qu'elle attendait, et qu'elle souhaitait, sans doute, qui l'aurait aidée à rompre. Il porta un dernier regard sur Léa, dans lequel on pouvait tout lire, ce fut cette image qu'elle ressentit comme une longue aiguille qui l'aurait transpercée.

Elle avait payé d'avance le prix de la décision qu'elle venait de prendre.

Le lendemain, chez Sandra, après avoir bu un thé pour se donner du courage, elles firent la simulation comme prévu.

- Au début, lui dit Sandra, j'étais un peu naïve, je m'étais inscrite sur un autre site qui paraissait moins orienté. J'avais précisé que je n'acceptais aucune relation sexuelle, je n'ai eu aucune proposition ! Il faut devenir une « sugar baby » à part entière, sans complexe sinon ça ne marche pas.

- Pourquoi un tel nom anglais, il n'y a pas l'équivalent en français ?

- Tu sais bien que dans la littérature pudibonde du siècle dernier, quand on voulait décrire une situation un tout petit peu osée, on faisait une phrase en latin, compréhensible uniquement par les vieux érudits et les hommes d'église, maintenant les mots sont devenus anglais, c'est plus moderne, les intéressés comprennent parfaitement, et on n'y trouve que ce que l'on veut y trouver.

Quand on est bien en face de l'écran d'un ordinateur, un clic gauche de la souris suffit pour effacer momentanément ou définitivement tous ses préjugés et se retrouver dans un monde qu'on n'imaginait pas.

On était toujours sur le compte de Sandra, mais c'était Léa qui cliquait.

Elle remplit les cases prévues sous la dictée de son amie et valida. Il est vrai que Sandra lui suggéra des phrases « choc », cela ne pouvait pas rater, l'appât était si gros, si appétissant, que les poissons ne voyaient pas l'hameçon, d'ailleurs, il n'y avait pas d'hameçon. C'était pour rire.

Les touches ne se firent pas attendre, au bout d'un quart d'heure, il y en avait déjà une dizaine.

- Ils sont affamés ce soir, fit remarquer Sandra. Il est vrai que c'est vendredi. On ne répond pas, on attend la marée haute.

Elle était d'origine bretonne et faisait souvent référence à la mer dans ses explications.

L'étale eut lieu deux heures après, et le filet contenait déjà une cinquantaine d'espèces que l'on pouvait commencer à trier.

Sandra promena le curseur sur l'écran.

- Tu vois, celui-ci, celui-ci et celui-là, tu n'y touches pas, ils sont toxiques, ça saute aux yeux.

Léa la crut sans demander d'explications.

- Celui-ci, je ne sais pas, celui-ci peut-être. Elle continua à commenter ainsi chacun des profils qui se suivaient sur l'écran.

- Ah ! Celui-ci paraît acceptable à première vue, ainsi que celui-là. Il faudrait voir de près à quoi ils ressemblent... En fin de compte, sur cinquante, cinq ou six, seulement, peuvent être gardés pour une analyse plus approfondie.

Léa ne disait rien, elle laissait son amie faire le tri, suivant des critères qu'elle semblait maîtriser.

Une fois le jeu terminé, et l'ordinateur éteint, elles discutèrent un bon moment ensemble. Elle eut une réponse à toutes ses questions, et subitement, en quittant son amie, elle se sentit seule devant le choix qu'elle s'apprêtait à faire.

*

Un immense tourbillon de pensées des plus insolites envahit la tête de Léa lorsqu'elle rentra chez elle. Elle se vit au dix-neuvième siècle au foyer de l'Opéra de Paris parmi les petites danseuses qui voulaient réussir et se faire un nom dans cet art difficile. Elles non plus n'avaient pas assez d'argent pour payer leurs cours de danse et tous les à-côtés. Elles étaient les « sugar babies », première version, et le foyer de l'Opéra était la salle d'exposition réservée aux seuls abonnés, « sugar daddies », première version, richissimes qui y venaient faire leur marché. Ils se connaissaient tous, se retrouvaient régulièrement. C'était des amateurs d'art, des mécènes en quelque sorte grâce à qui, quelques danseuses deviendraient célèbres et pourraient alors voler de leurs propres ailes. Qu'est-ce qui a changé depuis cent cinquante ans ? L'anonymat, on ne se voit plus, on s'abonne par un clic gauche de la souris, la rapidité, un plus grand choix, la facilité des transactions, on paye au coup par coup. Mais finalement le principe reste le même.

Léa se voyait maintenant dans l'un des tableaux de Degas, assise sur une chaise, massant ses jambes fatiguées. Elle aimait pourtant ces tableaux, sans réfléchir, regardant seulement les couleurs, les attitudes des filles, et fermant les yeux sur le prédateur, là à droite, comme s'il n'existait pas.

Pourquoi Degas avait-il tout peint avec complaisance ? Parce que c'était un homme de son temps, témoin préoccupé uniquement par la beauté de son art, en laissant à ses acheteurs la liberté de traverser, ou de ne pas traverser sa peinture pour apercevoir le drame qui se jouait à ce moment-là.

Léa se demanda si elle pourrait désormais regarder bien en face un tableau de Degas, sans frémir.

4

Le dimanche soir, il était vingt heures passées, quand Léa s'installa devant son ordinateur, bien en face de l'écran. Elle respira profondément, fit glisser le curseur au bon endroit, et, après une seconde d'appréhension, cliqua sur le site qui devait la sortir de l'impasse financière où elle se trouvait, en espérant que le traumatisme qui s'en suivrait ne serait pas irrémédiable..

Quelques secondes après, elle s'identifia.

Pseudonyme : Laura.

Il n'était pas question de salir son prénom.

Tout se passa, à peu près, comme lors de la simulation. Laura eut ses premières propositions le soir-même, bien que l'appât proposé fût plus nuancé que celui imaginé par Sandra. Cela refroidit sans doute quelques prédateurs vraiment primaires, mais encouragea davantage ceux qui cherchaient une cible plus timorée.

Elle élimina immédiatement tous ceux dont le pseudonyme n'était pas un vrai prénom. Tous les « loup sauvage », « renard futé » et autres « condor intrépide » furent ignorés sans la moindre hésitation. C'étaient les toxiques dont parlait Sandra. Le premier qui ne pouvait pas être écarté sans un examen plus approfondi fut un dénommé

Quentin. Il proposait des soirées au restaurant, des rencontres avec des amis, des week-ends à la campagne. Il ne parlait pas de sexe, comme si la chose ne l'intéressait que très peu ou même pas du tout. C'était un peu surprenant.

Après tout, il était peut-être plus âgé qu'il ne voulait le faire croire. Un vieux riche éploré qui ne s'était jamais remis du décès de sa femme, morte vingt ans auparavant, et qui cherchait une jeune femme capable de l'écouter égrener ses souvenirs de jeunesse et de l'accompagner dans les guinguettes où ils avaient échangé leurs grands serments d'amour autrefois. Un nostalgique en somme.

Elle accepta de le voir dans un café. Tout compte fait, que risquait-elle ?

Il était déjà là, quand elle arriva.

- Bonjour, vous êtes Quentin ?
- Bonjour, vous êtes Laura ?

Sans être très jeune, il n'était pas non plus très vieux, et il semblait bien loin d'un riche éploré. Elle était tombée totalement à côté en imaginant un portrait du dénommé Quentin. Il y avait quelque chose de bizarre, de pas franc dans son regard, et dans la façon qu'il avait de bouger la tête dans tous les sens comme s'il cherchait quelque chose en la regardant. Son attitude était celle d'un déshabilleur, elle s'en rendit compte instantanément dès qu'elle fut en face de lui. Il avait un regard pénétrant, comme la mèche d'une perceuse s'apprêtant à traverser une paroi molle..

Il clignait des yeux quand il la regardait comme s'il voulait voir à travers, comme s'il scrutait une radiographie infrarouge dans laquelle les points les plus chauds sont les plus apparents. Cela la mit mal à l'aise. Il avait devant lui une belle jeune femme, il en convenait sans rien dire. Dans la moyenne, et même un peu plus, de celles que le site proposait et qu'il avait sans doute déjà utilisées.

Il commença à parler pour faire connaissance. Parfois, à la fin d'une phrase, il émettait un rire incongru, qui rappelait la sonnerie d'un téléphone. Cela augmenta encore le doute qui s'installait déjà dans la tête de Laura, mais après tout, ce n'était peut-être qu'un détail sans importance. Il était trop tôt pour se faire une opinion précise.

Elle commanda un café qu'elle but sans sucre en levant les yeux sur lui.

Après avoir échangé quelques phrases d'une banalité déconcertante on en vint au nerf de la guerre. Combien ? Pourquoi ?

Sandra l'avait avertie : « Ne descends pas en dessous de deux cents euros pour une simple soirée ! »

La somme ne provoqua chez lui aucune réaction, restait à savoir ce qu'elle proposait pour ce prix-là, et, lui, ce qu'il attendait d'elle. C'était l'instant de vérité de part et d'autre.

Tout s'accéléra quand il commença à parler de ses amis qui formaient un groupe, quatre ou cinq, pas d'avantage. Ils se retrouvaient régulièrement dans un restaurant, en pleine nature, un bel endroit, l'établissement, bien connu, faisait aussi hôtel. Combien d'étoiles ? Il ne se souvenait pas, mais c'était très bien. Il parla d'ambiance collective et très chaleureuse, ils se connaissaient tous depuis longtemps. Il prononça plusieurs fois le mot « collectif ».

- Si chacun participe, ça peut vous rapporter gros.

Laura avait compris, elle détestait les partouzes. Se vendre à un seul inconnu, était devenu, pour elle, un mal nécessaire, elle pensait, face à un partenaire occasionnel, pouvoir contrôler la situation dans une certaine mesure, mais là, cela devenait dangereux. C'était un saut dans un fossé inconnu d'où elle ne pouvait revenir que couverte de boue.

Elle éprouva soudain envers lui une impossibilité physique, un dégoût viscéral. C'était en quelque sorte un rabatteur, ils l'étaient sans doute tous, à tour de rôle, dans ce groupe, et lorsqu'ils se retrouvaient entre eux, ils comparaient certainement leurs prises et se félicitaient mutuellement de la dernière trouvaille.

Son instinct l'avertit qu'elle ne devait pas aller plus loin.

Il posa très peu de questions sur elle, aucune sur ses études, même pas pour la forme. Dans le fond, était-elle étudiante ? Il n'en avait rien à faire.

Avant de se lever, Laura l'écouta encore d'une oreille distraite, puis lui posa encore deux ou trois questions sans grand intérêt, mais sa décision était prise. Elle se levait déjà.

- On se contacte sur le site, j'en parle à mes amis, lui dit l'homme ?

– C'est ça.

Il la regarda partir, chercha le tortillement de sa démarche, mais elle ne tortillait pas. Elle ne se met pas suffisamment en valeur, pensa-t-il.

Deux minutes après, elle était dans le métro qui la ramenait chez elle.

Une fois rentrée, elle éprouva le besoin de prendre une douche pour évacuer jusqu'au dernier détail de ce qu'elle venait d'entendre. Allait-elle renoncer ? Toutes les autres propositions du site de rencontre étaient-elles aussi toxiques ?

Elle alluma son ordinateur, alla de nouveau sur le site machinalement comme elle l'aurait fait pour son courrier ordinaire, généralement encombré de publicités, et fut surprise de ne trouver qu'une proposition. Il signait « Guillaume ».

Celui-là ne s'embarrassait pas de littérature mielleuse, il ne disait pas qu'il avait besoin d'écoute et de réconfort parce qu'il se sentait seul, non, il allait tout droit au but. « Cherche étudiante pour partager des plaisirs physiques et intellectuels. Très généreux si bonne entente». On ne pouvait pas être plus clair et plus concis.

Laura pensa que si elle ne réagissait pas immédiatement, elle ne répondrait plus à aucune annonce. C'était le seul moyen de mettre aux oubliettes la déconvenue de l'après-midi. Il fallait réagir à chaud, c'est comme une chute de cheval, paraît-il, il faut remonter tout de suite ou bien renoncer à jamais.

Ils prirent rendez-vous pour le jeudi suivant à midi et demi afin de voir à quoi ils ressemblaient. Elle avait cours jusqu'à midi, elle eut juste le temps de passer chez elle, ce n'était pas très loin, tant pis pour le déjeuner.

Ils arrivèrent presque en même temps, il ne la précéda que de quelques instants, lui aussi, sans doute, travaillait jusqu'à midi.

- Laura ?
- Guillaume ?
- Qu'est-ce que vous prenez ?

Laura avait soif, elle s'était dépêchée.

- Un jus d'ananas bien frais.

Il commanda aussi un campari orange pour lui.

C'était un bel homme, entre trente et trente-cinq, ans, un séducteur, il savait parler aux femmes.

-Vous aviez cours, ce matin ? Quel genre d'études vous faites ? De la sociologie, avec Pinot, je suppose ?

- Vous le connaissez ?

- Oui, je l'ai eu en quatrième année, il est toujours là ? Il est inoxydable !

Cette phrase devait montrer que même s'ils n'étaient pas copains de promotion, du moins leur différence d'âge n'était pas canonique. De plus ils avaient été formés au même endroit ce qui créait entre eux déjà une certaine confiance.

Était-on en train de préparer une coucherie tarifée ou bien d'égrener des souvenirs de fac ?

Cela ressemblait à un entretien d'embauche. Il posa beaucoup de questions, mais parla peu de lui.

Une demi-heure se passa ainsi, qui déconcerta complètement Laura. Il ne fut question de sexe à aucun moment.

- Vous n'avez pas déjeuné ? Vous n'avez pas cours cet après-midi ? Venez, je sais où aller, c'est à deux pas d'ici.

Le restaurant « La petite cuillère », sans être de grand luxe, était réputé. Léa était passée parfois devant, sans jamais entrer, ni même se donner la peine de lire le menu affiché dehors.

« Ce n'est pas pour moi, pour le moment du moins ».

Petite table ronde, nappe blanche et serviettes assorties, le menu était à la hauteur du service. En buvant son café, Laura pensa, avec un léger sourire ironique, que deux heures auparavant, elle avait hésité à avaler un sandwich avant d'aller à son rendez-vous.

Mais tout cela avait un prix, rien n'est gratuit, elle le savait. Aurait-elle l'addition aujourd'hui, demain, plus tard, quand ?

En quittant le restaurant, il mit son bras autour de la taille de Laura et lui dit :

- On va chez moi, un moment ? Je te propose trois cents euros.

Il ne l'avait pas tutoyée pendant le repas. Mais après le café, c'est un autre monde, c'est l'acte II de la pièce de théâtre. Décidément, rien ne se passait comme elle l'avait imaginé. Elle ne répondit pas, mais fit « oui » de la tête.

Il avait garé sa voiture près du café où ils s'étaient rencontrés. Il habitait à l'autre bout de la ville, mais était-ce vraiment chez lui ? Tout était si propre, si ordonné, si bien rangé. S'appelait-il vraiment Guillaume ? Cela l'aurait rassurée de savoir.

Après les compliments sur les choix et les goûts intellectuels et artistiques de Laura, prodigués avec effusion au restaurant, auxquels il faut l'avouer, elle avait été sensible, il en était venu, dans l'intimité de sa chambre, aux éloges sur son physique : elle avait, disait-il, des lignes serpentines, de beaux cheveux, un beau visage, un beau grain de peau, de beaux seins, de belles cuisses. Il égrenait tout cela en passant la main dessus.

Il apprécia tout de suite ses cuisses nerveuses, il les avait déjà repérées au restaurant, l'air de rien.

- Tu fais du sport ? Ah oui, ça se voit ! Quel sport tu fais ?

- Je fais du foot !

Sa fierté de mâle se rebiffa, mais il ne le laissa pas paraître. Il faisait partie de ces hommes qui considèrent que le seul sport permis aux femmes est le tennis de table qu'il appelait : « le ping-pong ».

Il était sportif, lui-même, il aimait les muscles qui entourent les beaux fémurs. Quand il pétrissait les cuisses de Laura, tout en lui parlant d'autre chose, il ressentait la même sensation que lors d'une de ces belles parties de pêche sportive qu'il affectionnait, quand un brochet ou une truite étaient au bout du fil. Il savait que la prise ne s'échapperait pas, qu'il aurait le dernier mot, mais il faisait semblant de combattre pour faire durer le plaisir, le fil ne devait pas casser, de la fermeté, mais pas de brusquerie.

Les gestes d'hésitation pudique de Léa l'avaient stimulé. Il s'était senti le dominateur, rien n'avait été partagé, tout lui était dû puisqu'on était d'accord sur le prix. Il en jouissait d'autant plus qu'il savait par expérience que l'état de débutante ne durait pas, qu'elles apprenaient vite à être blasées et faisaient ensuite tout avec un art mécanique comme l'aurait fait une poupée connectée. C'est pour cela qu'il avait si souvent changé.

Laura quitta l'appartement vers dix-sept heures. Elle préféra rentrer chez elle par les transports en commun, il n'insista pas. Il lui demanda son numéro de téléphone ce qui signifiait qu'il avait été satisfait, et qu'il en avait eu pour son argent. Dorénavant, on ne passerait plus par le site. Non pas qu'elle eût fait preuve de beaucoup de zèle, cependant, sa première prestation de débutante, car il s'était bien rendu compte qu'elle était débutante, le comblait déjà. Il n'aimait pas du tout les techniciennes aguerries qui n'hésitent sur rien, qui ont tout vu, tout touché, tout fait fonctionner, il n'avait jamais fréquenté de professionnelles. Il voulait la considérer davantage comme un outil, un outil superbe qu'il croyait pouvoir contrôler avec adresse pour en obtenir en trois dimensions ce que son imagination avait minutieusement préparé dans l'abstrait. C'est cela qu'il recherchait.

En passant devant les boîtes aux lettres, elle regarda les noms, mais les prénoms n'y figuraient pas. Il y avait bien un « G. Bonnet » mais ce n'était pas significatif. Elle n'était pas plus avancée, mais peu importait. Elle non plus ne s'appelait pas Laura.

Guillaume connaissait tout, il avait dépassé le stade des découvertes, il en était aux comparaisons. C'était un dégustateur de femmes, il avait une virilité fringante. Jusque-là, Laura n'avait rien à envier à ses précédentes conquêtes, elle avait rempli son contrat de manière proportionnée au gain qu'elle en avait tiré. S'il exigeait plus, il faudrait qu'il paye davantage.

Dans le tram qui la ramenait chez elle, elle eut la désagréable impression que les gens la regardaient bizarrement, comme s'ils savaient. Cela se voyait donc ? Leur regard la mit mal à l'aise et se sentit honteuse.

Elle sortit de cette première épreuve avec des sentiments très mitigés. Elle n'était pas tombée sur un sadique, ou un pervers, ni sur un maniaque qui l'aurait laissée avec des séquelles physiques ou psychiques, peut-être indélébiles, mais tout au moins difficiles à résorber.

Non, elle avait l'impression d'avoir vendu ou plutôt bradé une part d'elle-même, ce n'était que la première fois d'une série qui débutait et dont elle ne connaissait pas la fin, car avec trois cents euros, on ne va pas bien loin.

Son acheteur était simplement un homme assez riche pour croire qu'il pouvait tout acheter. Il voulait tout, en y mettant les formes, car on peut être à la fois esclavagiste, bel homme et bien élevé.

*

Le lendemain, elle retrouva Sandra. Elle lui raconta tout, et lui demanda conseil.

- Tu as besoin de combien en tout ?

Léa n'avait pas compté vraiment, elle n'avait pas la maîtrise froide du sujet, comme son amie. A elles deux, elles firent des additions, après tout, savoir faire un bilan financier et des prévisions ferait partie de leur futur métier, c'était donc une forme de travaux pratiques à mettre en œuvre de suite. On peut faire des bilans et des prévisions sur les sujets les plus divers.

Elles s'arrêtèrent à un minimum de trois mille euros.

- Ça fait dix fois, constata Léa, avec amertume.
- Si tu sais t'y prendre, ça va faire moins que ça.

Comme elle ne voyait pas très bien comment, Sandra lui expliqua que si Guillaume l'invitait à des soirées spectacles, expositions, conférences, où se trouvaient également des amis ou simplement des relations de son milieu, pour le seul plaisir de la montrer à ses côtés, puis de la leur présenter et de leur faire envie, tout cela constituait la partie préparatoire bien qu'intégrante de ce qui suivrait ensuite entre eux deux, soit chez lui soit dans un bel hôtel, et là, ce n'était pas le même tarif puisqu'il y avait eu deux prestations.

Faire envie aux copains en les laissant imaginer ce qui se passera une fois qu'ils seront partis, a un prix, on sait ça, chez les riches.

- Au fait, tu as ressenti quoi ?
- J'ai pensé à mes trois cents euros, je n'ai pensé qu'à ça. Quand on a une pensée fixe de cette nature, comment peut-on ressentir quelque chose ?
- Tu as raison, c'était la première fois, mais tu verras, le corps a parfois des faiblesses.

Léa ne répondit pas. Elle ne présuma pas de ses forces.

*

On était au tout début du mois de mai, le temps, depuis plusieurs semaines était exceptionnellement doux. Tout était en fleurs et si un coup de gel nocturne ne venait pas contrarier la nature, on pouvait espérer avoir une année à fruits. Les cours étaient pratiquement terminés, mais les examens ne débuteraient que dans deux semaines.

Guillaume l'appela le mercredi soir. Il participait à un séminaire technique à Annecy qui se terminait le samedi trois mai à midi.

- Je voudrais que tu viennes, tu prends le train et on se retrouve dans le hall de l'hôtel « La glycine ». On rentrera dimanche en voiture. Je te propose six cents euros pour tes frais.

Toujours grand seigneur, Guillaume, six cents euros « pour les frais » !

On ne pouvait pas avoir plus de tact.

- Tu vois, fit Sandra, je te l'avais dit, ce n'est pas le même tarif !

Elle arriva à Annecy par le train de 12 h 05. L'hôtel « La glycine », un quatre étoiles tout récemment construit, n'était pas très loin de la gare.

Le séminaire venait de finir. Dans le hall, des petits groupes discutaient debout, il y avait une majorité d'hommes, mais aussi quelques femmes. Guillaume avait consulté les horaires des trains sur son téléphone, tout en subissant un grand exposé qui l'ennuyait, il l'aperçut dès qu'elle pénétra dans le hall.

Il s'approcha, l'embrassa, sans effusion, d'un baiser de propriétaire, lui donna la clé de la chambre et retourna auprès des autres.

Quelques instants après, elle revint.

- Laura, dit-il tout simplement en guise de présentations.

Tous la saluèrent à tour de rôle du même « Bonjour » sans plus. Ils avaient une petite idée de l'endroit où Guillaume l'avait trouvée.

- Et si on allait déjeuner, proposa-t-il à l'ensemble du petit groupe ?

L'hôtel avait une terrasse qui surplombait le lac. La vue était enchanteresse, mais les responsables d'entreprises, réunis en séminaire, mettent un certain temps pour changer le menu de leurs conversations et on en était déjà au milieu du repas que l'on entendait encore quelques bribes de marketing.

Laura les écoutait en silence, son regard allant de l'un à l'autre montrait qu'elle suivait leurs propos.

Une remarque émise par Sébastien Larchet, l'un des amis de Guillaume, surprit tout le monde par son originalité. Personne ne semblait l'approuver.

Soudain, Guillaume se tourna vers Laura.

- Que penses-tu de la remarque de Larchet ?

Elle avança quelques suggestions qui montrèrent au groupe qu'elle n'était pas un objet décoratif.

La surprise fut totale. Trouvait-on des perles sur les sites fréquentés par Guillaume ?

A partir de cet instant, le ton changea totalement, on s'adressait directement à elle, chacun y allait de sa petite question. Guillaume, fier de sa trouvaille, ne regrettait pas de l'avoir fait venir, il la montrait mais ne la prêtait pas, l'effet escompté réussissait, il voulait être à la hauteur de sa réputation. Les autres commencèrent à se demander si elle était vraiment passée par le canal habituel, si elle n'était pas plutôt une stagiaire ou une nouvelle collaboratrice ce qui sous-entendait de leur part qu'il l'avait, à coup sûr, eue gratuitement.

Guillaume était aux anges. Il leur montrait son nouveau bijou, comme il leur avait montré peu auparavant sa nouvelle voiture, l'essentiel étant de leur faire envie, et pour le moment cela semblait être le cas.

Ils essayèrent bien d'en savoir un peu plus, mais il fut évasif et ils n'insistèrent pas.

Le service n'était pas des plus rapides, mais on était si bien. On ne parlait plus de travail depuis un moment, on avait bifurqué vers le sujet préféré de Guillaume et de quelques-uns de ses collègues : les voitures. Ils étaient intarissables sur le sujet, les derniers modèles n'avaient plus de secret pour eux, ils connaissaient le descriptif des performances sur le bout du doigt, ils étaient abonnés aux revues spécialisées, les cylindrées, les accélérations, le kilomètre-arrêté, tout cela ressortait à une cadence continue. Guillaume en particulier vouait à sa voiture un véritable culte, c'est tout juste s'il ne lui ne parlait pas lorsqu'il était seul au volant avec elle.

Il parlait toujours de sa voiture comme d'une belle femme et inversement. Quand un ami lui faisait remarquer qu'une personne, croisée par hasard dans un colloque, était belle, il répondait « il faudrait voir le moteur », ce qui entraînait chez l'autre, un sourire à la fois béat et entendu.

Ceux qui ne s'intéressaient pas vraiment aux voitures, soit parce que leur modeste fortune ne leur permettait que les modèles de base, soit parce qu'ils avaient placé leur argent ailleurs, se distrayaient entre eux en sortant des blagues qui fendent la bouche jusqu'aux oreilles de celui qui les raconte.

Le repas une fois terminé, les dernières phrases échangées, le groupe se dispersa.

- Tu rentres aussi ce soir, demanda quelqu'un à Guillaume ?

- On ne va pas tarder.

Laura se demanda si elle avait bien entendu.

Une fois restés seuls, il demanda :

- Tu as vu la chambre, elle est belle, n'est-ce pas ? C'est un bel hôtel. Les séminaires ont toujours lieu dans de beaux endroits.

Il disait cela tout en la poussant légèrement vers l'ascenseur, comme si elle n'avait pas compris.

- J'ai cru entendre « On ne va pas tarder. »

- Je ne répondais pas à la question posée.

Laura se sentit gênée d'être ainsi programmée, mais elle se souvint qu'elle n'était que l'objet acheté.

La chambre était belle, en effet. A ce niveau de standing on n'affiche pas le prix derrière la porte, seul le plan d'évacuation est représenté. En cas de problème, il faudrait suivre les flèches, mais il n'y a jamais de problème, personne n'a jamais suivi les flèches.

Les nuits précédentes étaient à la charge des entreprises, pensa Laura, mais pour la prochaine, c'est lui qui paye, il a vraiment des gros moyens, ce type. A moins qu'il dépense tout ce qu'il gagne pour s'offrir du plaisir. Mais ce n'était pas son problème.

Le déjeuner sur la belle terrasse panoramique, la chambre luxueuse, la salle de bains dont les robinets étaient dorés provoquèrent chez Laura un léger vertige. Le lit était large, douillet, propice à tous les abandons. Elle ne pensa plus à ses six cents euros, paroi semi opaque sensée la protéger moralement des exigences de son acheteur. Alors, quand plus rien ne comptait, l'image de Robin apparut devant ses yeux clos, et ce fut avec lui que tout se passa désormais.

Au moment de se lever, elle se rappela la petite phrase prononcée par Sandra : «le corps a parfois des faiblesses ». Apparemment, Sandra n'avait pas boudé le petit supplément que la faiblesse de son corps lui avait procuré.

Elle prit une douche en jouant avec le mitigeur doré et, une fois enveloppée dans le moelleux peignoir blanc portant l'écusson de l'hôtel, elle éprouva un sentiment d'aversion envers elle-même pour avoir osé appeler Robin à l'aide au lieu d'assumer son propre contrôle. A ce moment-là, elle en voulait aussi à Guillaume comme s'il l'avait forcée à faire quelque chose qu'elle ne voulait pas.

« Cette nuit, ça ne se passera pas comme ça », se dit-elle.

Mais on était seulement en fin d'après-midi, et les rives du lac sont un enchantement quelle que soit l'heure à laquelle on s'y promène, et Guillaume avait tout prévu, il avait toujours tout prévu, une question d'habitude. « Prévoir et programmer » aurait pu être sa devise.

En quittant le restaurant où ils avaient dîné, Laura ne se souvenait plus d'avoir eu un instant de mauvaise humeur et d'avoir manqué d'élégance vis-à-vis de Robin.

Pour sa première nuit avec son acheteur, Laura dormit peu et simula beaucoup. Quant à lui, il fut comblé, trompé, mais comblé. Comment aurait-il réagi si elle n'avait rien ressenti ? Imagine-t-on la déception d'un homme invitant une femme dans un grand restaurant et qui ne mange rien sous prétexte qu'elle n'a pas faim ?

Elle réussit à déconnecter une partie de son corps mais pas son esprit. Elle n'oublia pas une seconde qu'elle était là pour gagner six cents euros, qu'on ne les gagnait pas sans rien faire, et encore moins en somnolant. Elle s'amusa à faire une ventilation comptable de son gain : cent euros pour la partie « présentation aux autres », avec déjeuner offert, puis deux cents pour la partie « apéritive » qui s'en était suivie et les trois cents restants pour une nuit dans un palace, tous frais payés !

Mais seul le total comptait, le reste n'était que de l'amusement diffus entre deux somnolences entrecoupées du sommeil sonore de Guillaume.

Ils quittèrent l'hôtel juste après le petit déjeuner, et parlèrent très peu pendant le temps du retour, à quoi bon ? La fête était terminée, la facture déjà payée, l'indifférence qu'ils éprouvaient l'un pour l'autre reprenait le dessus. Ils récupéraient leurs forces chacun de son côté. Courtois mais indifférents.

Il lui fallut le reste du dimanche pour se remettre dans la réalité quotidienne, les vingt-quatre heures qu'elle venait de vivre n'étaient qu'un aperçu d'un monde factice dans lequel l'argent était roi.

Laura retourna au cours dès le lendemain huit heures et retrouva Sandra.

- Essaye de le garder jusqu'au bout, tu aurais pu tomber plus mal. Il reste encore deux mois. Innove ! Innove ! Montre lui que tu as encore du ressort, il ne faut pas que la monotonie s'installe. Ces mâles-là ont toujours besoin de stimulant.

Elle avait l'habitude d'appeler les hommes qui la payaient « les mâles ».

Toujours pragmatique, Sandra. Qu'entendait-elle par « Innove ! Innove ! » ?

*

Lors de leur dernière rencontre, Guillaume lui demanda si elle avait l'intention d'arrêter ses études en fin d'année ou bien si elle continuait.

Laura comprit le sens de la question, s'il ne restait plus que deux mois avant l'échéance, il commencerait à chercher ailleurs, et il trouverait, elle avait encore besoin de lui, il devait rester sa vache à lait jusqu'au dernier jour.

-Je pense faire une spécialité, sans doute en marketing international, l'année prochaine,.

La réponse sembla le tranquilliser, il commençait à ne plus pouvoir se passer d'elle. Il se souvint de la remarque de l'un de ses amis, « c'est une perle, cette fille-là ». Pour la première fois, il possédait une perle.

C'était l'un des derniers cours de l'année, une conférence sur la stratégie, des conseils avisés pour se faire une situation digne de leurs diplômes.

- Vendez-vous, vendez-vous, apprenez à vous vendre, c'est essentiel pour réussir dans ces métiers-là, ne restez pas dans votre coin en attendant que l'on vienne vous chercher, personne ne viendra vous chercher, leur répéta à plusieurs reprises le conférencier.

Léa et Sandra se regardèrent avec un léger sourire désabusé, dans lequel on aurait pu lire : « Il y a longtemps que c'est fait , mon pauvre vieux. On ne t'a pas attendu, la vente, on connaît. »

*

Les examens partiels s'étaient bien passés et tout portait à croire que les résultats définitifs suivraient la même voie si toutefois aucun événement imprévu ne venait perturber leurs derniers efforts.

Laura avait prévenu Guillaume, avec un minimum de précautions oratoires, qu'elle aurait préféré le retrouver le samedi plutôt qu'un autre jour, afin de ne pas perturber son travail. S'il refusait, s'il exigeait un autre soir, elle serait bien obligée d'accepter, ce n'était pas le moment de le braquer et qu'il la laisse en plan. Financièrement parlant, elle ne tiendrait pas jusqu'à la fin de l'année scolaire.

Il fit semblant d'être contrarié de ne pas pouvoir disposer d'elle selon son bon vouloir, suivant le vieux principe « celui qui paye a tous les droits », mais en réalité la fin de la semaine lui convenait très bien et il accepta la demande, alors qu'il s'apprêtait à lui faire la même proposition. Il devait montrer qu'il restait le patron.

Il avait donc réservé, pour ainsi dire, Laura pour tous les samedis soir.

En réalité, sans qu'il s'en rende compte, Laura provoquait chez lui quelque chose de diffus qui ne portait pas encore de nom et qu'il traduisait en pensant : « Pourquoi chercher ailleurs, puisque celle-là me suffit ? ». Elle n'était plus vraiment une « sugar baby », il s'efforçait alors de la présenter aux autres comme une « relation », de la séduction pure, et rien d'autre. N'était-il pas un séducteur reconnu comme tel?

Elle avait, à l'évidence, un côté intellectuel très vif, capable de répliquer aux propos de toute nature qui lui étaient adressés par lui, quand ils étaient seuls, ou par l'un de ses amis quand ils étaient en groupe. Guillaume en tirait une fierté certaine auprès d'eux, lorsqu'il entendait des remarques du genre : « C'est une perle, cette fille. Comment as-tu réussi à la dénicher ? », « Tu es sûr qu'elle n'a pas une sœur jumelle ? ».

L'aspect mercantile apparaissait seulement lorsque, la première partie de la soirée avec ses amis terminée, ils finissaient la nuit chez lui. C'était l'heure du plat de résistance, c'est là qu'elle devait « innover », mais avec un homme qui avait goûté à tous les mets, ce n'était pas facile, elle demandait parfois conseil à Sandra.

Quand elle partait, le dimanche matin, il lui remettait, comme si de rien n'était, une enveloppe, en disant toujours « c'est pour tes frais », ce qui, dans un certain sens était tout à fait exact.

Elle avait un petit carnet qui ne servait qu'à ça, où elle écrivait les sommes toujours l'une sous l'autre.

Vers la mi-juin, Léa annonça à Sandra que la somme fatidique des trois mille euros était atteinte, et même légèrement dépassée.

- Tu peux arrêter, alors...
-Je vais me constituer une petite marge de sécurité. Nous avons peut-être calculé un peu juste.

Sandra, à la fois très surprise et amusée la regarda avec un grand sourire.
- Tu as raison, mais attention à toi, ne prends pas goût à l'argent trop facilement gagné !

Léa prit cela comme une plaisanterie, elle avait tort. Elle ne considérait pas que son argent avait été gagné facilement bien que l'habitude entraîne une certaine anesthésie.

*

Les débuts des soirées du samedi n'étaient pas désagréables, bien que peu stimulants, c'était chaque fois, à peu près, les mêmes copains de Guillaume avec qui on parlait de tout et de rien devant l'apéritif en attendant l'heure du dîner. L'été approchait, tout se passait dehors, le temps était de moins en moins propice aux subtilités. Les films qu'on avait vus ou pas vus, les tournois de tennis, le foot et les voitures étaient les sujets récurrents.

Laura n'avait pas eu le temps d'aller beaucoup au cinéma ces derniers temps, elle écoutait les commentaires qu'ils en faisaient et les avis parfois contradictoires sur le rôle de tel acteur ou actrice dans sa dernière prestation. Le tennis était trop cher pour elle. Le foot, en revanche, elle connaissait. Elle avait joué dans un club universitaire durant la première année de fac. L'ami de Guillaume, Sébastien, lui aussi , avait joué dans un club. Ils échangeaient parfois quelques phrases techniques à propos d'un match récent, mais, dès que la conversation prenait un air de dialogue auquel

Guillaume ne participait pas, il faisait en sorte de changer de sujet pour casser le rythme et rester toujours vis-à-vis d'elle, le maître du jeu.

De plus en plus souvent, le vendredi soir, en pensant au lendemain, Léa éprouvait des pointes de tristesse comme si le sort l'avait condamnée à cette corvée hebdomadaire jusqu'à épuisement total. Elle appelait alors Sandra, qui savait les mots justes, les phrases percutantes pour la remettre sur pied. Elle ne pouvait pas ne pas sourire, ne pas rire aux arguments décoiffants de son amie.

Lors du dernier samedi, le téléphone de Guillaume sonna, alors que Sébastien venait juste d'arriver. L'appel devait être très personnel, car il se leva et s'éloigna pour répondre, ce qu'il ne faisait pas d'habitude.

La discussion porta sur les options universitaires indispensables ou inutiles pour leurs métiers.
Vous avez fait vos études ensemble avec Guillaume, demanda Laura.

- Moi, oui, répondit Sébastien, nous avons fait le même cursus.

- Alors vous avez eu aussi Pinot, en sociologie ?

- Pinot ? Non. C'était un prof de sociologie ? Nous n'avons pas fait l'option Socio.

Laura avait posé la question machinalement sans aucune arrière-pensée. Elle se rappela alors ce que Guillaume lui avait dit la première fois qu'ils s'étaient rencontrés. Il lui avait donc menti pour créer un lien de sympathie. Comment savait-il que Pinot était professeur de sociologie ? Sans doute, l'étudiante qu'il avait achetée avant elle lui en avait parlé. Il était donc capable d'utiliser toutes les ficelles, ce type.

Guillaume ne tarda pas à revenir. Il n'avait pas l'air contrarié, tout semblait bien aller pour lui et la soirée se poursuivit normalement.

*

Les épreuves de fin d'année étaient terminées depuis deux jours, il ne restait plus qu'à attendre les résultats.
Elle les attendait avec confiance sans toutefois oser dire qu'elle était totalement satisfaite des réponses apportées. Qu'importe que le candidat soit satisfait ? Seul le correcteur doit l'être. La tension nerveuse avait beaucoup baissé, elle se sentait plus sereine, seule subsistait la crainte d'un incident, d'un caprice maléfique du hasard qui la ferait échouer.
Sandra, qui ne doutait jamais de rien, commençait déjà à faire des projets comme si leurs deux noms figuraient en toutes lettres et en bonne place sur la liste des admissions.
- Il faut attendre encore huit jours, tout peut arriver, répondait Léa.
- A force de te faire du souci, tu finiras par nous apporter la poisse, disait sèchement son amie qui commençait à s'énerver.

*

Guillaume l'appela le mercredi matin. Il devait aller à Turin régler les modalités d'un contrat important pour son entreprise. Le rendez-vous avec ses interlocuteurs était fixé au vendredi en début d'après-midi.
- On rentrera samedi matin, lui avait-il dit.
C'était la première fois qu'ils partaient à l'étranger. Habituellement, quand il allait à Turin, il prenait

l'avion puisque l'entreprise payait, mais ne connaissant pas le nom de Laura et n'ayant jamais eu l'envie de le connaître, ils partiraient en train. C'est toujours anonyme, le train, c'est pratique. A la frontière, si vous êtes bien habillé, on ne vous demande rien. Il réserva deux billets dans le Lyon-Turin du matin et pour le retour, ils verraient sur place.

Quand au service comptable, on s'étonna qu'il prenne le train plutôt que l'avion, il répondit que si on compte le temps d'aller aux aéroports, on n'y gagne pratiquement rien et le train est bien moins cher. Cela fit plaisir à la comptable qui fut sensible au sens civique de Guillaume. Personne ne chercha d'autre raison. Pourquoi faire ? Guillaume était un bon employé qui prenait soin de la bonne santé de son entreprise et qui ne pratiquait pas de dépenses inutiles.

Dans le train, une fois bien installés, il lui demanda : « Tu as fini tes examens ? »

A sa réponse affirmative, il ne réagit pas. Elle attendait une petite phrase, un minimum, du genre : « ç'a été ? » Mais non, rien. Elle se rappela soudain leur première entrevue, comment il s'était intéressé alors à ses études, comme il avait fait semblant de s'y intéresser, c'était pour la mettre en confiance, mais maintenant il aurait probablement souhaité qu'elle échoue, pour être certain de l'avoir sous sa dépendance encore quelque temps, une année peut-être. Pendant combien de temps resterait-elle une proie sans défense ?

Elle ressentit cela comme un affront qui la confortait dans la décision qu'elle avait prise. Le vent semblait tourner pour elle, elle se prit à rêver.

« Je réussirai et il ne me verra plus ! Je ne lui dirai même pas adieu. »

Maintenant, elle était certaine de réussir, car son honneur était en jeu. Elle fit le bilan de son travail et paria sur un minimum de justice. Elle vit son nom sur la feuille des admissions, bien avant qu'elle ne soit affichée.

Ils arrivèrent à la gare de Turin Porta Susa à midi. Le train avait un peu de retard. L'hôtel était juste à côté. Le temps de s'installer, Guillaume partit sans déjeuner, il ne voulait pas rater son rendez-vous.

- Tu trouveras de quoi déjeuner, au centre-ville c'est plein de restaurants. Quand j'aurais terminé, je t'appelle et on se retrouve.

Il dit cela d'un ton autoritaire, un peu dur, c'était presque un ordre, c'était un ordre.

Laura disposa d'une bonne partie de l'après-midi. Elle avait acheté un petit guide du centre de Turin, elle ne se perdrait pas. Elle remonta la via Roma et s'offrit un lèche-vitrines de luxe là où les grands couturiers ont pignon sur rue. Elle regarda de près les robes de Giorgio Armani, d'Alberta Ferretti, et d'autres stylistes qu'elle ne connaissait pas, puis les flacons de parfum de Cerutti. Elle regarda les prix furtivement comme on regarde le sommet des montagnes car elle savait qu'il fallait attendre, un jour peut-être elle pourrait, mais quand ?

Elle sentit une petite faim et acheta un pain au chocolat dans une boulangerie, qu'elle mangea tout en marchant sous les arcades.

Elle prit la via Cernaia et se retrouva piazza Castello, entra dans le palais Madame. « On ne manquera pas *le portrait d'un jeune homme* par Antonello da Messina. » disait le petit guide qu'elle avait à la main. Elle monta quelques marches du grand escalier du palais, mais ne le visita pas, son temps était compté sans en connaître la durée. Elle regarda son téléphone comme un objet hostile qui allait lui signifier d'un instant à l'autre la fin des amusements. Elle n'était pas là pour se faire plaisir, elle était aux ordres, bien payée, mais aux ordres. Elle eut tout de même le temps d'aller jusqu'au Palais Royal et de pénétrer dans la rotonde de San Lorenzo.

La sonnerie qui mettait fin à la récréation retentit à dix-sept heures. Guillaume était d'excellente humeur, son affaire avait dû marcher, il ne parlait jamais de son travail avec elle, il fit une exception :

- Ç'a été un peu long, mais tout s'est bien terminé.

Attendait-il qu'elle réponde un mot, une phrase ? Non, il n'attendait rien.

Aucun détail, aucune précision, tout cela ne la regardait pas. Il n'allait tout de même pas entrer dans les subtilités d'une négociation commerciale avec une étudiante !

- Je te propose d'aller déguster une crème glacée à la violette chez Pepino. C'est leur spécialité.

Ils goûtèrent un long moment la douceur du mois de juin, piazza Carignano, centre du haut lieu culturel de cette ancienne capitale, à quelques mètres de l'entrée du palais, à quelques pas du plus beau musée égyptologique d'Europe, et, sur le même trottoir, le Théâtre Carignano, l'un des plus beaux d'Italie, peut-être le plus beau.

En passant devant le théâtre, Laura regarda l'affiche. On lisait en grosses lettres : « *Il sogno di una notte di mezzo estate* » et en dessous, en toutes

petites lettres, car la place manquait, apparaissait :
« W. Shakespeare »

Laura ne parlait pas italien mais elle n'eut aucune peine pour identifier qu'il s'agissait du « Songe d'une nuit d'été ». Elle en connaissait des extraits par cœur, l'avait étudié à la fac au cours d'anglais.

Guillaume passa et ne vit rien, sans être inculte, il n'avait qu'une culture de façade. A quoi pensait-il en ce moment, à l'affaire qu'il avait si bien menée, au choix du restaurant sur lequel il hésitait, ou bien à la prochaine nuit avec Laura ? Il ne pensait peut-être à rien.

Ils sortirent du restaurant, un peu avant neuf heures, il faisait encore grand jour, ils longèrent la piazza Castello, tandis que les derniers retardataires entraient au Regio, l'opéra de Turin. On y donnait Turandot de Puccini. Peut-être restait-il des places ?

Laura ne dit rien, Guillaume ne proposa rien, ils étaient en route vers l'hôtel, à petits pas, certes, mais ils y allaient tout droit. A quelques dizaines de mètres de l'hôtel, les pas s'allongèrent. Guillaume était pressé, comme les chevaux qui sentent l'écurie.

*

Il était presque minuit. Au Regio, le ténor, sans doute, sur le devant de la scène, entamait le grand air du troisième acte :
- Nessun dorma, Nessun dorma

Laura non plus ne dormait pas.

Cette nuit, pour la première fois, il se comporta à la limite de la brutalité, il se jeta sur elle, la serra trop fort. Elle vit arriver le baiser visqueux de ces lèvres barbouillées de désir. Elle éprouva une

irritation contre lui et un mécontentement contre elle-même. Elle éprouva une horreur muette.
Que cherchait-il vraiment qu'il n'avait pas eu?
Une fois ou deux, il fut essoufflé comme s'il venait de courir un marathon.

    S'il avait regardé sa bouche au lieu de se jeter dessus comme sur un gâteau crémeux, il aurait remarqué que ses lèvres frémissaient en murmurant lentement en silence :« Je suis en train de gagner six cents euros. » Mais dans la pénombre, on ne voit pas grand chose, surtout quand on ne veut rien voir.

    Il dormit peu, cette nuit-là, mais il avait le sommeil sonore de telle sorte que durant les courts moments où il la laissait tranquille, elle avait l'impression d'être allongée à côté d'une machine à café.

    Le samedi matin, la lumière du jour pénétra tôt dans la chambre, car les volets n'avaient pas été tirés. Il n'aimait pas être dans l'obscurité complète, il voulait voir ce qu'il achetait. En se levant, il lui demanda si elle avait bien dormi, ce qu'il n'avait jamais fait, la réponse de Léa fut un son bref qu'il pouvait interpréter comme il voulait, d'ailleurs il n'interpréta rien du tout, c'est le genre de questions qui n'appellent pas de réponse. Il avait dit cela comme il aurait donné l'heure. Mais il était en verve ce matin et il continua :

    - Ces temps-ci, je suis en pleine forme, tu ne trouves pas ?

    - Oui, c'est super ! As-tu prévu quelque chose en cas d'accident ?

    Elle n'avait pas dit « en cas de mort subite », car il était en pleine forme physique et la probabilité pour qu'il meure sans raison apparente était pratiquement nulle.

- Pourquoi tu demandes ça maintenant ? Quel rapport avec ma pleine forme ?

- Justement, tu devrais écrire quelque part, pour qu'en cas d'accident, ils puissent prélever ton sexe et le greffer sur quelqu'un d'autre de moins favorisé. Ça serait dommage de le laisser perdre !

Guillaume ne comprit pas tout de suite le sens profond de la remarque. Etait-ce un compliment, une blague ? Dans le doute, il prit le parti d'en rire et ajouta de façon ironique : « Après tout, c'est un organe comme un autre ». L'humour noir de Laura le surprit une fois de plus. Il avait décidé, depuis déjà quelque temps,de ne plus la suivre dans les méandres de ses sous-entendus.

Ayant dépassé le minimum vital qu'elles avaient calculé avec Sandra, elle pouvait se permettre de développer un humour de plus en plus corrosif.

Elle ne résista pas au plaisir d'imaginer ce sexe tranché à la hâte par des mains expertes, gantées de caoutchouc stérile, puis avec précaution, placé dans la glace pilée et transporté à l'autre bout de la ville dans un récipient en polystyrène semblable à celui qu'elle utilisait quand elle partait en camping.

*

Le train du retour partait à 10 h 11. Comme pour la fin des autres voyages, ils ne se parlaient pas, mais on sentait chez Guillaume un comportement inhabituel, une certaine inquiétude diffuse, comme s'il craignait quelque chose dont il ne voulait pas parler, comme s'il attendait lui aussi le résultat des examens sur une liste où son nom ne figurait pas.

N'y tenant plus, il se décida à poser la question qu'il ressassait depuis déjà un bon moment.

- Tu es bien décidée à faire une année de relations internationales ?

- J'y pense, j'ai tout l'été pour me décider.

Et elle remua le fer dans la plaie en ajoutant :« Si je suis reçue, cette année. »

On ne pouvait pas être plus évasive.

Le temps passait, neutre et monotone, on venait de quitter Bardonecchia, la dernière gare italienne, on allait traverser les Alpes, le ciel était bas et maussade.

A la sortie du tunnel du Fréjus, le temps était également aigre et brumeux. Mais le soleil se leva brusquement dans le cœur de Léa quand elle reçut un sms de Sandra : elles étaient reçues toutes les deux, en début de liste.

Aucun signe particulier n'apparut sur son visage, elle fit un effort pour maîtriser totalement ses émotions, ses sentiments, la joie immense qu'elle éprouvait devait rester toute à l'intérieur, il ne devait s'apercevoir de rien.

Il ne s'aperçut de rien en effet. Elle en fut ravie, cela démontrait sa capacité à se dominer, elle en tira une grande fierté. Il n'y avait plus de Laura, mais Guillaume ne le savait pas encore. Il croyait voyager avec la femme qu'il avait tant possédée depuis de longs mois et qui, sauf déconvenue improbable, serait encore à lui après les deux mois de vacances. En réalité, il avait en face de lui, une voyageuse inconnue, sosie à s'y méprendre de Laura, qui n'avait pas la moindre envie de se laisser draguer.

A ce moment, elle se sentit prête à tourner la page de la vie étudiante, bien sûr qu'elle ne ferait pas une année supplémentaire, il se faisait des illusions, l'autre. La prostitution, c'était finie. Elle avait envie de vivre enfin pleinement de son travail, de sa compétence reconnue, en totale liberté. Jamais plus, elle ne serait sous la dépendance humiliante d'un homme.

Maintenant, elle haïssait ce type qui avait utilisé son corps comme un accessoire que l'on loue. Elle éprouvait envers lui une impossibilité physique, un dégoût viscéral. Elle eut, pendant l'espace d'une seconde, l'envie de lui rendre son enveloppe et de changer de place, et même de changer de wagon, mais elle se ravisa.

Tant qu'à faire, pensa-t-elle, puisqu'il me prend pour une pute, soyons pute jusqu'au bout.

Le train entra en gare de La Part Dieu à l'heure prévue, sans même une minute de retard. La roue du temps tournait à la bonne vitesse, maintenant tout s'accélérait. Elle envoya une réponse à Sandra : «J'arrive ».

Une fois sur le quai, Guillaume se tourna vers elle et lui dit :

- Dès que tu auras les résultats, tu m'appelles, qu'on aille fêter ça quelque part.

C'était sa dernière tentative, le ton sonnait faux, il perdait la main.

Elle eut envie d'être totalement cynique et lui répondre avec un grand sourire : « D'accord, mais ce sera une soirée à mille euros ! »

Il aurait sans doute dit « oui» sans hésiter, mais il était temps de cesser ce jeu sinistre et dangereux, elle se contenta de hocher la tête.

En bas de l'escalier qui relie les voies au grand hall d'arrivée, ils se séparèrent en échangeant une phrase banale, pour lui, elle signifiait que tout devait continuer, pour elle, que tout était fini. Il y a parfois des phrases comme ça, qui supportent deux interprétations opposées.

Une demi-heure plus tard, elle était sous la douche. L'eau coula longtemps sur le corps de Léa, il fallait effacer de sa peau toute trace de Laura, ce double, à qui elle ne pouvait pas en vouloir puisqu'elle avait payé la fin de ses études, mais qui était comme une parente perverse qui ne méritait aucun remerciement. Léa savait qu'une douche, si longue fût-elle, ne suffirait pas, il resterait quelque part une marque sombre, une cicatrice, qui finirait par s'estomper sans disparaître complètement.

Ses cheveux n'étaient pas encore complètement secs lorsque Sandra sonna.

Elle lui raconta en détail le voyage à Turin.

- Un jour, on y retournera ensemble.

- Mais pourquoi le hais-tu à ce point ? Il t'a tout de même rapporté cinq mille euros !

Léa hésita un moment, elle cherchait ses mots, elle devait avouer la vraie raison, ce n'était pas facile.

- Tu vois, Sandra, si j'en était restée aux trois mille euros initialement prévus, je verrais les choses différemment, je pourrais me justifier, on n'a pas à avoir honte quand on peut se justifier. Un contrat, c'est un contrat, on peut en discuter les termes, les trouver plus ou moins reluisants, avant de signer, mais une fois tout terminé, on referme le couvercle, on n'y pense plus, même si on n'en est pas fière, car la vie continue. Moi, j'ai continué parce que, après tout, j'ai eu affaire à un bel homme ; sans être très cultivé, il n'a jamais été grossier et à cause de cela et du luxe qu'il m'a fait apercevoir, je me suis laissée entraîner sur la pente de l'argent facilement gagné. Je n'avais pas besoin de ces deux mille euros supplémentaires, je suis devenue une pute pour de l'argent que je dépenserai pour des futilités, et si j'avais échoué aux examens, aurais-je continué l'année suivante ? C'est ce qu'il croit, c'est ce qu'il attend sans doute, c'est ce qu'il souhaite, et cela m'est totalement insupportable. Voilà pourquoi je le hais.

- Je sais que c'est un fardeau lourd à porter, je porte le même que toi, même si cela n'apparaît pas, mais c'est notre secret. A deux, c'est deux fois plus facile à gérer.

Léa comprit alors qu'elle avait une véritable amie et que ce secret partagé serait un lien qui résisterait à l'usure du temps.

- Il faut fêter la fin de nos aventures amoureuses, lui dit Sandra.

En dessous de chez elles, il y avait un marchand de spiritueux. Sandra descendit et s'adressa au patron.

- Dites-moi, quel est l'alcool préféré des femmes ?

Le patron n'hésita pas, il connaissait son métier, il toucha la bouteille : celui-ci !
Sandra remonta avec la bouteille et une boîte de biscuits.

*

Elles bavardèrent longtemps, sur la vie, sur les hommes, les jeunes et les moins jeunes, et entre chaque sujet, surtout si elles n'étaient pas d'accord, elles buvaient un petit verre et, peu à peu, sans s'en rendre compte, les idées devinrent moins claires, l'argumentation plus floue. Elles ne savaient plus si les hommes étaient tous des salauds ou s'il y avait des exceptions.

- J'ai le sentiment de ne jamais plus pouvoir aimer personne.
- Mais si ! lui dit Sandra. Dans quelques années, tu auras un gentil petit mari qui te fera quatre enfants, deux garçons et deux filles. C'est le bonheur total d'avoir deux garçons et deux filles. Tu ne trouves pas ? Sandra avait le don de la provocation.

Léa ne se sentait pas pour le moment une âme de mère de famille. Elle trouva les propos venant de Sandra plutôt cocasses, mais imbibée d'alcool, elle ne trouva aucun argument à lui opposer.

Elles, qui n'avaient jamais bu une seule goutte d'alcool fort, sentirent qu'il fallait remettre tous ces sujets passionnants ou futiles à une autre fois et s'allongèrent sur le lit de Léa sans même se déshabiller.

Au petit matin, Sandra reprit ses esprits la première et, se trouvant dans un lit qui n'était pas le sien, fut prise d'un éclat de rire et réveilla Léa en disant :

- Je me demande ce que diraient ces mecs qui nous ont payé nos études s'ils s'apercevaient que nous sortons du même lit.

Puis, lorsqu'elles furent totalement réveillées, devant leur tasse de café, Sandra ajouta :

- Il faut que l'on se fasse faire un test VIH.

Léa fut effrayée, elle se sentit tout à coup séropositive, à aucun moment elle n'y avait pensé.

- Tu crois ?
- On sera plus tranquilles après.
- Et s'il est positif ?
- Il ne le sera pas, c'est juste pour nous rassurer.

Léa eut l'impression de perdre pied, quelle erreur monumentale avait-elle commise en exposant ainsi sa santé de façon inconsidérée, alors qu'il y avait sans doute d'autres solutions, jamais elle n'aurait dû accepter cela. Inconsciemment, elle en voulut à Sandra.

Le test fut fait, elle ne dormit pas, tant que le résultat ne fut pas connu. Ce furent des nuits d'affreux cauchemars, elle attendait la sentence comme celle d'un tribunal qui s'apprêtait à la condamner « à vie » pour ce qu'elle avait fait. Elle s'enferma chez elle comme dans une cellule, mangea à peine, ne voulut voir personne, prit douche sur douche, comme si cela suffisait à extirper le mal encore hypothétique, et ne répondit à aucun message, jusqu'au moment où Sandra força sa porte avec le verdict.

Elles avaient maintenant, toutes les deux, tous les atouts pour faire table rase de ce passé récent qu'elles n'avaient pas pu éviter et commencer une nouvelle vie.

- On va les négocier au prix fort, nos diplômes, tu verras !

Léa ne voyait pas comment, mais l'énergie de son amie avait toujours été pour elle comme une grande poussée dans le dos l'obligeant à avancer.

Comment faisait Sandra pour garder toujours les pieds sur terre ?

Le jour même, Léa changea son numéro de téléphone.

5

Fin juin, tout était terminé. Mais à quel prix ? Léa avait maintenant les outils nécessaires pour se faire une place dans la société. Mais les outils ne suffisent pas, et dans ce genre de métiers qu'elle convoitait, où tout est abstrait, le plus difficile n'était pas de faire ses preuves, mais de trouver quelqu'un qui l'autorise à commencer à les mettre en pratique.

Elle écrivit et envoya, comme on dit, une lettre de motivation comme si on cherchait du travail par plaisir sans être motivé.

Elle se présenta, fut reçue poliment par le premier barrage où jamais rien ne se décide, impossible de savoir si l'entreprise recrutait, si elle pouvait espérer une suite à sa démarche ou bien si un énorme panier récupérait chaque jour les lettres de motivation avant que le hacheur de service ne les transforme en confettis. Elle écrirait, bien sûr, elle écrirait, que pouvait-elle faire d'autre ? Eux, en revanche ne répondaient pas.

« La lettre de motivation doit être manuscrite », lui avait-on dit. Le bruit courait qu'ils faisaient une étude graphologique, c'était un élément scientifique déterminant, disait-on. Dès que le mot scientifique apparaît quelque part, certains croient que l'on touche à l'absolu. C'était peut-être vrai autrefois, il y a bien longtemps, quand il y avait très peu de candidatures, mais actuellement le grand panier faisait sans doute office de graphologue puis la sentence était prononcée et directement exécutée par le hacheur. Il est plus facile de mettre une feuille de papier au panier que de regarder quelqu'un en face et de lui dire : « Vous ne nous intéressez pas. »

Elle écrivit encore et encore, mais rien ne vint comme si elle avait envoyé tout cela à des adresses inexistantes. Jamais aucun accusé de réception, aucun message électronique, elle n'existait donc pas en tant que personne. Était-ce un robot qui envoyait au hasard des lettres de motivation, et auquel il était inutile d'accuser réception ? Un candidat à un travail, est-il un objet abstrait purement numérique tant qu'il n'a pas été embauché ?

C'était l'été, bien sûr, c'était l'été. Le monde s'arrêtait-il de tourner pendant l'été ? Tous les recruteurs, tous les responsables des ressources humaines, tous les chefs d'entreprise étaient-ils donc sur une plage, allongés sous un parasol, complètement recouverts de crème solaire ?

Ne savaient-ils donc pas que les examens se terminent en juin et que le premier souci des diplômés est de trouver du travail aussitôt ?

Léa voyait ses finances fondre au soleil du mois d'août. Serait-elle obligée de faire appel de nouveau au bas système qui avait permis de finir ses études ? Elle n'en était pas là, bien sûr, mais elle y pensait malgré elle. Faudrait-il donc recontacter ce type auquel elle s'était vendue ? Elle s'était pourtant juré de ne pas recommencer, jamais, et de chasser de sa mémoire ces quelques mois qui l'avaient tant humiliée et qui la traumatisaient encore.

Le seul moyen de pouvoir supporter le regard des autres, de ceux qui ne savaient pas, qui ne devraient jamais savoir, était de laver, encore et encore, à la fois son corps et son esprit jusqu'à ce que tous les détails se soient estompés, que les différents endroits où avait eu lieu la vente soient devenus des chambres sans fenêtres d'où rien ne pouvait sortir et où tout disparaissait dans le noir absolu quand la lumière s'éteignait en refermant la porte.

Une fois tout réduit à l'état de néant et que Laura aura disparu aussi vite qu'elle est apparue, alors, il ne restera plus qu'une ombre lointaine, l'ombre évanescente de son acheteur.

Comment s'appelait-il ? Elle n'en savait rien. Elle se souvint qu'elle ne connaissait que son prénom, comme dans un jeu télé dérisoire où le nom du candidat n'a aucun intérêt et n'est jamais cité.

Mais tout cela supposait, et elle en était bien consciente, que personne à aucun moment ne viendrait déboutonner le manteau de l'oubli, car c'était un oubli conscient et volontaire qui peut à tout instant être réactivé comme un couvercle que l'on aurait rabattu sur l'égout d'un trottoir, mais qu'un jour, un passant malveillant pourrait facilement déboucher uniquement pour le plaisir d'y faire tomber quelqu'un.

Les oublis volontaires nécessitent une attention de tous les instants, très discrète mais indispensable, contrairement aux autres oublis que le temps se charge de gérer à sa fantaisie et qui nous échappent.

Les étudiants qu'elle avait fréquentés pendant des années avaient disparu au fur et à mesure de leurs succès aux examens, disséminés chacun de son côté d'un bout à l'autre du pays. Des amis les plus proches, elle avait bien gardé un contact, un numéro de portable, mais où étaient-ils maintenant ? Pourquoi les appeler ? Qu'aurait-elle bien pu leur demander ? Quelques banalités, auxquelles ils auraient répondu poliment sans effusions en abrégeant au maximum la conversation.

Même son copain Robin était parti. Lui en voulait-il ? Lui aussi était boursier, au début, cela les avait rapprochés, mais puisque la chance lui avait souri, ou plutôt parce que la malchance ne l'avait pas remarqué, il avait toujours tout réussi. Elle avait mis fin à leur liaison affective quand il avait fallu prendre la grande décision. Il n'avait pas compris pourquoi elle avait rompu de façon aussi sèche, brusquement, sans raison apparente. Il n'avait rien dit, elle ne lui appartenait pas, personne n'appartient à personne, c'était son opinion, il le répétait parfois dans les conversations intimes qu'ils avaient. Mais dans le fond de lui-même, comment la jugeait-il ? Elle éprouvait maintenant une certaine gêne en pensant à lui. Il était le seul qui l'avait vraiment aimée, elle en était certaine.

Elle ne pouvait pas supporter de faire l'amour avec lui, par sympathie, pour le plaisir partagé, dans une tendresse réciproque, et quelques heures après aller faire le grand jeu pour trois cents euros avec son acheteur. Si Robin avait su, qu'aurait-il pensé d'elle ? Il fallait choisir, il ne devait pas savoir. Il ne méritait pas de savoir cela. A aucun moment elle ne considéra que cela ne le regardait pas, le lien entre eux était trop fort, mais surtout, surtout, il ne devait pas savoir. Elle ne pouvait pas offrir à l'un et vendre à l'autre, le même jour, la même chose. Avait-elle pour lui un peu plus que de l'amitié ?

Elle l'appellerait, oui, dès qu'elle aurait trouvé du travail, oui, dès que sa situation se serait enfin stabilisée, elle l'appellerait, elle demanderait de ses nouvelles, ce qu'il devenait, s'il avait trouvé du travail ou bien si, tout comme elle, il galérait. Elle le ferait même si la probabilité de le revoir était infime. Peut-être ne répondrait-il pas, dans ce cas, elle comprendrait. Après tout, elle ne lui avait rien promis, mais il aurait pu répondre qu'il ne lui avait rien demandé. Il ne suffit pas de ne rien promettre à quelqu'un pour considérer qu'il n'existe plus.

*

Vers la mi-septembre, alors qu'elle commençait à être vraiment inquiète, Léa trouva enfin du travail, là où elle s'y attendait le moins. Le fait de parler très correctement l'anglais, l'allemand et l'espagnol était un atout primordial, il fut décisif. Elle avait fait le bon choix. Pour le reste, de tout ce qu'elle avait appris, elle pouvait en oublier les trois quarts.

Elle fut reçue par la secrétaire du patron, Madame Lescaut, une femme dans la quarantaine passée, qui avait fait les mêmes études qu'elle au même endroit, mais vingt ans auparavant. C'est le genre de détails qui créent toujours des sympathies immédiates et qui peuvent faire basculer une vie. Ce fut le cas.

L'entretien vira très rapidement à l'évocation de souvenirs comme si cette personne avait laissé là-bas des parents éloignés, perdus de vue depuis longtemps, et dont elle demandait des nouvelles.

- Et monsieur Pinot, il y est toujours ? Il ne doit pas être très jeune, je l'ai eu en première année ! Et elle ajouta, après une courte pause :
- Je l'ai bien connu.

Elle s'arrêta un instant de parler comme si elle cherchait dans ses souvenirs, quelque chose à ajouter, mais rien ne vint.

- Et un tel ? Non ? Il était déjà âgé, vous ne l'avez pas connu.

La conversation continua sur le même ton encore quelques minutes jusqu'au moment où la secrétaire lui annonça que la décision serait certainement prise dans la semaine.

Ils avaient réellement besoin de quelqu'un, au dire de Madame Lescaut.

- Dès que cela sera fait, je vous préviendrai, lui dit-elle, comme si la réponse ne pouvait être que positive et que tout cela ne devait être qu'une simple formalité. A ce moment-là, madame Lescaut souhaita vraiment, sans pouvoir expliquer pourquoi, que la décision soit une simple formalité.

Léa sortit de là avec, pour la première fois, une pointe d'espoir dans le cœur, cela ne lui était pas encore arrivé, mais elle savait bien que rien n'était encore acquis et, le soir même, elle continua à envoyer d'autres demandes.

Le vendredi, en fin d'après-midi, elle reçut la bonne nouvelle. Madame Lescaut n'avait pas parlé en l'air, elle y était sans doute pour quelque chose. Une nouvelle vie, la vraie vie, allait commencer pour Léa.

L'entreprise de relations publiques dont il s'agissait était sur le point d'être associée à un conglomérat de sociétés du même genre pour former en fin de compte un grand groupe qui pourrait sinon dominer le marché, du moins s'imposer par sa taille en bloquant tout risque d'être absorbée et de disparaître corps et biens, comme c'est parfois le cas pour les entreprises qui n'ont pas les reins suffisamment solides.

La formation d'un très grand groupe à partir d'éléments plus petits, initialement concurrents, ne se fait pas sans quelques dommages. L'un de ces éléments, qui faisait double emploi, fut tout simplement supprimé et une partie de son personnel ne fut pas reclassée. Ce fut le cas de Sébastien, l'ami de Guillaume. Ceux qui restèrent au bord de la route ne se découragèrent pas, ils savaient rebondir, ils en avaient la compétence et les moyens, ils reformèrent leur petite entreprise et la rendirent opérationnelle et compétitive. Cela créa une certaine distance entre les deux amis qui cessèrent de se fréquenter sans cependant se fâcher.

La fusion des autres groupes ne tarda pas. Tout avait été parfaitement bien préparé et une redistribution des responsabilités s'imposa d'elle-même. C'est ainsi qu'un département des relations internationales fut créé. Léa était la seule à maîtriser trois langues étrangères et, aussitôt, la traduction des documents importants de toutes sortes lui fut confiée.

Madame Lescaut n'en était pas à son premier chamboulement, elle l'avait prise en sympathie et lui donna un certain nombre de conseils qui lui permirent d'éviter quelques écueils.

Elle travailla jour et nuit avec acharnement comme font les jeunes décidés à se faire remarquer pour gravir le plus rapidement possible les premiers échelons d'une entreprise dont ils se sentent partie prenante dès le début. C'est le zèle de la jeunesse qui fait avancer le monde.

Elle se rendait parfaitement compte du caractère provisoire de son statut. Dans quelques semaines un responsable serait sans doute nommé par la direction et on lui confierait un autre travail moins passionnant. Mais là n'était pas la question, cela ne l'empêchait pas de donner tout ce qu'elle pouvait.

Léa se souvenait d'un cours de stratégie à la fac où le conférencier avait fait la comparaison avec un immeuble construit au bord de l'eau.

« Si vous habitez au rez-de-chaussée, disait-il, vous risquez d'être inondé par la première forte pluie et de disparaître. Si vous montez au premier étage, alors, en cas de forte inondation vous ne disparaîtrez pas, mais vous subirez indéfiniment l'humidité. Dès que vous serez au troisième étage, bien au sec, tous les espoirs vous seront permis. Vous serez à l'abri de la météo et il faudra jouer des coudes pour avoir un bureau bien ensoleillé dans les étages supérieurs. Cela dépend de vous. »

Tout cela leur était apparu caricatural, mais il y avait du vrai, il suffisait d'adapter le cours à la réalité.

Elle avait bien retenu la leçon et était bien décidée à tenir compte de ces conseils dès le premier jour.

Bientôt, elle fut déchargée des travaux annexes, elle occupait maintenant un bureau pour elle toute seule et les photocopies et autres travaux de secrétariat ne la concernaient plus. Elle dut s'adapter, apprendre la terminologie industrielle et administrative dans les trois langues de travail, fit des recherches nombreuses et profitables sur Internet et, quelques mois après son embauche, elle était devenue indispensable.

Le chef de service n'était toujours pas nommé. N'avaient-ils donc personne sous la main pour un tel poste, ou bien pensaient-ils qu'il était inutile de payer un directeur, tant qu'elle pouvait assurer seule le travail ?

Sa compétence lui permettait maintenant de lire entre les lignes des dossiers, et lorsqu'elle sentait qu'une proposition reçue n'était pas assez claire et pouvait donner lieu à plusieurs interprétations contradictoires mettant à mal la signature d'un contrat, elle demandait à la hiérarchie l'autorisation d'aller voir sur place ce qu'il en était vraiment. Au début, ils avaient été un peu réticents.

- C'est à nous, pensaient ces dirigeants, tous d'un certain âge, à prendre de telles initiatives, et non à cette petite jeune. Car pour eux, elle était encore une petite jeune, efficace mais encore jeune. Ils imaginaient sans doute que ce n'était qu'un prétexte pour s'offrir un petit voyage d'agrément aux frais de l'entreprise. Ils n'allaient tout de même pas lui payer du bon temps. Mais après une ou deux déconvenues et la perte d'un marché qui paraissait pourtant déjà acquis, ils avaient accepté sa proposition et s'en étaient félicités.

Elle n'aimait pas régler tous les problèmes par courrier ou par téléphone, elle voulait voir la tête des gens qui, à l'autre bout de l'Europe, faisaient le même métier qu'elle. Oui, la tête des gens, c'est important, en les regardant, on devine souvent ce qu'il y a à l'intérieur, surtout quand ils parlent une autre langue, tout en défendant les mêmes intérêts.

Elle partait à Vienne, deux jours, à Londres, trois jours, et revenait chaque fois avec des contrats signés.

Ils vérifiaient tout, en haut lieu, ils étaient prudents, voire méfiants, aucun doute possible, les horaires d'avion concordaient, elle n'avait pas pris du temps pour elle, une fois sa mission terminée elle était aussitôt rentrée. Elle ne travaillait pas pour elle mais uniquement pour eux.

Elle aurait pourtant aimé profiter du voyage pour assister à un concert de la Philharmonique de Vienne, mais ce n'était pas possible, ce n'était pas encore possible, c'était trop tôt, il fallait attendre, elle le savait, elle attendrait, mais elle se voyait déjà en robe du soir noire avec des boucles d'oreille assorties à son collier d'améthyste, gravissant les marches de l'opéra de Vienne. Serait-elle seule ? Comment aurait-elle pu le savoir ? La question ne lui vint pas vraiment à l'esprit. Qu'aurait-elle pu répondre ?

Si son bureau était resté le même, elle sentait et tout le monde voyait que son importance réelle avait considérablement augmenté. Elle recevait de moins en moins d'ordres et en donnait de plus en plus. Elle informait ses supérieurs de ses initiatives et l'information tenait lieu d'acceptation.

Les comptes rendus des résultats qu'elle obtenait étaient lus attentivement par les administrateurs et il devint logique qu'elle participe désormais aux réunions stratégiques de l'entreprise, qui avaient lieu dans la grande salle du dernier étage avec vue panoramique sur toute la ville.

Il devenait évident que dès qu'une opportunité se présenterait, elle aurait le poste.

Il n'y avait pas d'autres vrais concurrents dans le voisinage immédiat.

Quelques mois après elle monta d'un étage. Son nouveau bureau était plus spacieux, plus éclairé, plus luxueux, et la vue sur le Rhône, magnifique. Ce n'était plus un de ces bureaux partagés qu'il faut vider le soir en emportant son ordinateur, c'était un vrai bureau avec des placards remplis de dossiers, et une belle armoire pour ses effets personnels. Elle était en quelque sorte, la directrice qui n'existait pas. Sans être encore à la tête du service, elle se comportait comme telle.

Elle disposait maintenant d'une vraie secrétaire, Émilie, une jeune femme souriante avec qui elle avait tout de suite sympathisé.

Une année passa, puis deux, puis trois et un matin, on la pria de monter au dernier étage, une réunion y avait lieu. Y aurait-il encore une autre restructuration, une nouvelle antenne dans un autre pays, ou bien une compression de personnel ? Tout peut arriver au dernier étage, sans aucun signe précurseur, sans que personne ne se doute du sort qu'on lui réserve, chacun craignant quelqu'un, ce connu ou inconnu qui le remplacera.

Sans être vraiment inquiète, elle ressentait chaque fois un petit pincement au cœur lorsque l'ascenseur y arrivait et que la porte s'ouvrait. Allait-on cette fois lui annoncer la nomination d'un nouveau directeur ?

La séance ne fut pas très longue, ils n'avaient que peu de choses à se dire, mais une décision était à prendre, une décision importante, elle concernait Léa. Elle écouta sans rien dire jusqu'au moment où la question de pure forme lui fut posée.

Naturellement qu'elle acceptait, elle s'en sentait tout à fait capable, elle n'attendait que ça depuis si longtemps.

Elle redescendit une demi-heure plus tard avec le titre de Directrice du Service International. Elle ferait le même travail, mais sa paye serait doublée.

Un café lui fit du bien. Du coup, elle en apporta un à Émilie. Elle changea de bureau, encore plus haut, encore plus grand, encore plus beau, encore plus ensoleillé. Elle y fit installer une machine à café plus moderne, plus performante qui utilisait des capsules de meilleure qualité. Elle aimait le café, sans sucre, avec un petit carré de chocolat, c'était sa drogue.

Émilie aussi fut ravie de la promotion, elle devint secrétaire particulière de la Directrice et à la fin du mois elle constata la différence.

Léa assistait maintenant à chaque réunion des dirigeants du groupe. Il n'y avait que des hommes, tous plus âgés qu'elle, et chaque fois, elle observait avec un amusement intérieur non-détectable, qu'ils la considéraient comme un élément financier et non comme une femme. A cet étage il n'y avait que des éléments financiers et tout le monde sait qu'ils sont asexués.

Cela ne l'empêcha pas de changer de look. Finies toutes les tenues trop décontractées, si pratiques, les chaussures confortables qui ne font pas mal aux pieds et qui permettent de courir pour attraper le bus qui arrive. Tout cela était contre productif. Les jeans et les baskets ne serviraient que le dimanche, loin du bureau.

Elle n'aurait d'ailleurs plus besoin de courir derrière les bus, au besoin, un taxi l'attendrait devant l'entrée. Elle fit beaucoup de magasins, lécha les vitrines et entra dans certains d'entre eux, mais n'acheta rien. Quelques mois auparavant, elle aurait trouvé tous les prix vraiment exorbitants, ridicules, mais maintenant son jugement se nuançait, c'était tellement beau, ce qu'elle voyait. Cependant, rien ne pressait, elle voulait prendre son temps et en parler à Sandra son amie de toujours.

Sandra était depuis plusieurs années traductrice aux Nations-Unies. Elle aimait les grands espaces humains, les très grandes salles de conférences plénières remplies de diplomates, de chargés de mission, de gens dont l'utilité n'était pas évidente, s'exprimant dans toutes les langues entre eux mais revenant à l'anglais dès qu'ils s'adressaient à un inconnu. Elle éprouvait un plaisir intense à penser une phrase en français et la dire en anglais à celui qui lui faisait face.

Quand elle était à Genève, Léa venait la rejoindre et elles passaient un week-end ensemble. « Sans mecs ! », disait Sandra. Elle avait alors une pleine valise d'anecdotes à raconter.

Elle fréquentait depuis longtemps les grandes marques de vêtements et y laissait d'ailleurs une partie de ses revenus. Elle avait dit un jour : « Je préfère manger des nouilles et porter un beau chemisier. » Ce qui avait provoqué chez Léa un sourire ironique, car elle savait que son amie n'aimait pas les nouilles et qu'elle gagnait très bien sa vie. Lorsque Léa l'informa de ses intentions et de ses hésitations vestimentaires, elle lui fit part de son expérience, leurs goûts n'étaient pas très éloignés et une petite intrusion dans la vie intime de son amie était loin de lui déplaire.

Elle avait toujours des conseils tout prêts à lui fournir dans tous les domaines.

- Sur le plan professionnel, comme tu voyages beaucoup à l'étranger, tu devrais mettre sur toi quelque chose, ne serait-ce qu'une toute petite chose, qui montre à tes interlocuteurs l'intérêt que tu portes à leur pays. C'est comme un billet d'entrée, ils apprécient toujours. Moi, je l'ai bien remarqué. Les balances avec lesquelles on pèse les contrats sont tellement sensibles, il suffit d'un rien pour les faire pencher de ton côté si tu sais t'y prendre. Le poids d'un escarpin suffit parfois.

Léa, ne sachant que répondre, eut soudain envie de plaisanter, elle regarda son amie avec ces yeux malicieux qui annonçaient comme chaque fois, entre elles, que quelque chose d'énorme allait sortir.

- Je vois. Si j'en crois ce que tu me dis, tu mets un pagne en raphia quand tu reçois un représentant des îles Fidji et une burqa quand tu as affaire à des Afghans.

Sandra fut prise d'un éclat de rire qui n'en finissait pas. Elles avaient, aussi bien l'une que l'autre, le don de tout tourner en dérision lorsqu'elles étaient ensemble, c'était comme une maladie contagieuse qui les avait contaminées souvent. Une fois son souffle retrouvé, elle ajouta, tout en essayant difficilement de garder son calme :

- Cela dépend de la tête du Fidjien ! Il faut toujours demander à un homme quelle tenue il préfère.

Sandra avait réponse à tout concernant les hommes. Toujours est-il que cette idée avait pénétré subrepticement dans la tête de Léa et attendait tranquillement son heure.

6

Ce n'était pas la première fois qu'une réunion d'ensemble suivie d'un buffet arrosé de champagne était organisée, mais cette fois, on fêtait le dixième anniversaire de la création du grand groupe et de ce fait, le nombre d'invités était bien plus important que d'habitude et un effort particulier avait été fait pour que l'événement soit une réussite totale. Les principaux collaborateurs des agences étrangères avaient été invités, et même le directeur de la filiale de Calcutta était arrivé la veille et s'était déjà entretenu longuement avec le Directeur Général, le matin même.

Le but était de mettre face à face tous ces gens, qui depuis des années communiquaient entre eux par ondes électromagnétiques et qui parfois avaient le sentiment de travailler pour un organisme virtuel qui ne les considérait que comme des numéros. Le télé-travail ne doit être consommé qu'en groupe, utilisé seul, il vous déshumanise. La direction le savait. Une telle réunion, sans rapporter directement de l'argent, améliorait beaucoup la cohésion entre les personnes du groupe et devait stimuler leur envie d'être plus efficaces.

Léa s'approcha de la grande table et prit une coupe de champagne, non pas pour la boire, elle n'aimait pas boire du champagne debout en discutant avec les gens, elle craignait toujours pour sa robe, mais simplement pour tenir quelque chose dans sa main, pour faire comme tout le monde, en somme, pour ne pas paraître originale et se trouver avec les bras ballants. Le traiteur avait bien fait les choses, on n'avait pas lésiné sur le prix, les amuse-bouche étaient variées et ne collaient pas aux dents, les bulles étaient fines, très fines, c'était du très bon champagne.

Elle portait une robe gris perle nuancé, en crêpe de soie très ample dont les manches bouffantes se serraient aux poignées. Les plis verticaux partant du haut du buste, étaient légèrement brisés au niveau de la taille par une très fine ceinture argentée peu serrée. Comme sa robe ne la moulait pas du tout, on pouvait tout imaginer.

Elle se retourna, fit un pas vers le centre de la salle et soudain, ce qu'elle n'attendait pas, qu'elle ne souhaitait pas, qui ne devait pas se produire, se produisit : devant elle, à un mètre, bien en face, il y avait Guillaume.

Pendant un bref instant, ils s'immobilisèrent, l'espace d'une seconde, mais une seconde qui n'en finissait pas. Léa vit défiler devant elle la dernière année de ses études, tout ce qu'elle avait détesté, tout ce qu'elle avait réussi à refouler au fond de sa mémoire, dans les sous-sols obscurs de soi où l'on entasse tous les déchets dont on ne sait pas se débarrasser.

Et lui, que vit-il défiler pendant ce même laps de temps ? Laura toute nue sous les plis ondulants de sa robe. Il alla au plus pressé, aucune autre image ne traversa alors son esprit. Que connaissait-il d'elle en dehors de ses contours, ses divins contours, comme il se plaisait à les admirer dix ans plus tôt ? Rien, absolument rien, même pas son nom, même pas son vrai nom.

Léa le comprit et ne dit rien, mais son regard brûlait déjà le visage de Guillaume. Pour elle, l'instant de surprise était déjà passé, elle était prête à l'affrontement. Dans ce petit jeu d'échecs à l'échelle humaine, elle lui laissa les blancs pour qu'il se croie maître de l'ouverture, mais ce n'était qu'une illusion, car la défense était prête depuis bien longtemps et ne lui ferait aucun cadeau. Elle attendit patiemment qu'il avance le premier pion.

Il eut une hésitation furtive, car il était peu physionomiste et s'attardait peu sur les visages. Était-ce bien Laura ? Elle lui ressemblait à s'y méprendre. Aucun doute possible, il l'avait vue de si près, de si près, mais elle arrivait toujours en jeans et en baskets tandis qu'aujourd'hui, il avait devant lui, une femme en robe signée d'un grand styliste. Tout cela lui paraissait tellement irréel, tellement impossible.

Encore sous l'effet de la surprise, déjà déstabilisé sans qu'il s'en rende compte, n'ayant pas eu le temps de reprendre son sang-froid, dans ce jeu que le hasard soudain lui présentait, il joua en effet n'importe quoi :

- Nous nous connaissons, je crois ?

Que pouvait-il dire de plus banal, de plus bête, de plus insignifiant ? Qu'attendait-il ? Certainement pas la réponse qu'il reçut.

- Dans une autre vie peut-être. Mais qui croit aux vies antérieures ? Vous, Monsieur ?

Guillaume, pris de court, ne répliqua pas.

Ces phrases tout à la fois dures et laconiques semblaient fermer définitivement toute future possibilité de conversation entre eux.

Déjà, elle s'éloignait de lui, saluait d'autres gens, échangeait quelques phrases, l'intervalle de temps éphémère était passé, elle redevenait la Directrice du service international, celle qui comptait, celle qui avait en main une partie du destin du groupe.

Guillaume mit tout de même une bonne minute pour redevenir le prédateur qu'il avait toujours été. Maintenant elle s'était éloignée, quinze mètres, vingt mètres ? La salle était grande, il la voyait de dos, parfois de profil, une simple silhouette avec une autre coiffure, pourtant, pas de doute, le fond de la voix n'avait pas changé, seul le ton n'était plus le même, il était devenu sec, cassant, méprisant, bien qu'en termes feutrés, que personne d'autre que lui ne pouvait interpréter.

C'était bien elle, elle avait si peu changé. Sa réponse glaciale prouvait qu'elle ne l'avait pas oublié. C'était l'essentiel. Tout redevenait possible, pensa-t-il, comme un chasseur qui découvre, au tournant d'un taillis, la proie aperçue quelque temps auparavant à l'orée d'un bois. Il était toujours aussi sûr de lui comme lorsqu'il payait. Mais maintenant, c'était différent, un autre temps, un autre terrain de chasse, le passé serait un atout en sa faveur et il saurait le faire remonter à la surface si nécessaire. Ce passé était une arme qu'il garderait en réserve, il ferait tout pour ne pas s'en servir.

Il n'y eut pas d'autre choc frontal entre eux durant le reste de la cérémonie. Elle n'avait pas intérêt à réagir la première ni n'en avait l'intention. Quant à lui, il devait prendre le temps d'élaborer une stratégie nouvelle, car l'improvisation, voire même tout le culot, qui lui réussissait si bien avec les femmes en état de faiblesse soit par manque d'argent, soit par besoin momentané d'un lien affectif plus ou moins factice, ne marcheraient pas pour séduire la Directrice d'un grand groupe dont il faisait lui-même indirectement partie. Bien que le hasard les plaçat parfois à quelques pas, l'un de l'autre, leurs regards ne se croisèrent pas une seule fois, pur réflexe de prudence de part et d'autre sans doute. Ils n'étaient pas prêts ni l'un ni l'autre, et ce n'était ni le lieu ni le moment.

Léa n'était pas l'organisatrice ni même l'initiatrice de ce colloque, c'est Amélie Lescaut qui en était l'instigatrice et en avait réglé les moindres détails. Depuis le premier jour, il y avait maintenant tant d'années, elles avaient peu à peu sympathisé sans toutefois être intimes. Léa était retournée à la fac pour le dixième anniversaire de sa promotion. Elle avait proposé à Amélie de l'accompagner, mais elle avait trouvé un prétexte pour refuser. Léa y avait rencontré son ancien professeur Monsieur Pinot, devenu Professeur émérite, et lui avait posé la question :

 -Vous souvenez-vous d'une de vos étudiantes qui s'appelait Amélie Lescaut.

Il n'avait pas hésité un instant.

- Amélie ? Bien sûr que je m'en souviens. Comment va-t-elle ? Après un court silence, il ajouta :

- C'était une belle étudiante.

Il y eut alors quelque chose de brillant dans le regard du professeur. L'éclair ne dura pas plus d'une seconde, mais il n'échappa pas à Léa, elle sourit, elle aimait lire le bonheur dans le regard des gens. Mais y avait-elle lu seulement du bonheur ou aussi du regret ?

- Lorsqu'elle reporta cela à Amélie, elle perçut le même éclair dans ses yeux, avec en plus comme une pointe de nostalgie, bien plus visible chez elle que chez son professeur.

Sans rien faire paraître, elle comprit que quelque chose avait circulé entre eux et que le hasard de la vie n'avait pas autorisé que cela sorte du cadre de l'université.

Elle connaissait donc, un détail intime, un détail humain, de la vie d'Amélie, et depuis ce jour-là, la façon de se saluer et de se parler changea, mais Amélie ne dévoila jamais ce qui s'était passé. Elle gardait pour elle cette tranche de vie qui avait accaparé son cœur pendant toute une année universitaire sans chercher si un avenir était possible ou seulement envisageable au risque de causer des dégâts qu'elle n'aurait jamais acceptés. Elle gardait en elle ce point de non-retour qui leur était apparu de plus en plus évident au fil du temps, dont ils s'étaient approchés imprudemment jusqu'au jour où la raison l'avait emporté dans le combat qu'elle avait mené contre la passion. Tout s'était terminé en douceur comme si rien de particulier n'avait eu lieu, de sorte qu'aucun des deux ne savait, si longtemps après, la place qu'il tenait encore dans le cœur de l'autre.

Léa avait des obligations professionnelles envers les responsables des différents groupes auxquels elle accordait de longs moments et, profitant de la fête, elle se faisait présenter au passage les membres qu'elle ne connaissait pas.

L'apparition de Guillaume avait donc été aussitôt mise de côté comme un détail sans intérêt immédiat afin de se consacrer à la tâche qu'elle s'était fixée. Elle ne doutait pas qu'il y ait une suite, elle le connaissait mieux qu'il ne croyait, mais ce n'était vraiment pas le moment d'y penser.

Ce n'est que lorsque tout fut fini, les derniers remerciements adressés, les dernières poignées de main effectuées, une fois dehors, que l'air vif de la rue fit remonter dans sa tête le détail incongru qui ne l'avait dérangée que pendant quelques secondes en début d'après-midi mais qui germait déjà dans son esprit.

Bien avant d'arriver chez elle, Léa ne pensait plus qu'à lui.

Une certaine agitation l'avait soudain envahie, l'accaparant totalement. Elle tournait maintenant autour de la table sans aucun but cohérent, entrait dans la cuisine, ouvrait un placard, le refermait, s'asseyait, se relevait, elle avait faim, mais n'arrivait pas à coordonner ses gestes pour se faire à manger. Avait-elle vraiment faim ? Elle ne savait plus. Avait-elle soif ? Oui, elle avait soif, très soif.

Pourtant, après avoir réagi avec tant de sang-froid à la vue de Guillaume elle en subissait maintenant le contrecoup, d'autant plus traumatisant qu'il était venu sans aucun signe précurseur.

Cette rencontre, elle l'avait imaginée cent fois durant ces dix ans écoulés, mais cela se passait toujours sous contrôle, selon sa volonté puisqu'elle avait tout prévu: le lieu, le moment propice de la journée, la tête qu'il ferait en la revoyant, et même les premiers mots qu'il prononcerait ainsi que la réplique qui s'en suivrait.

Elle avait imaginé plusieurs scénarios possibles comme des tirades d'une pièce de théâtre qui n'a pas encore été écrite et dont on ignore encore le dénouement. Elle était chaque fois maîtresse de la situation puisqu'elle jouait toujours les deux rôles, et chaque fois, elle en sortait la tête haute et il repartait sans rien obtenir, déçu et humilié.

Mais cette fois, ce n'était ni le jour ni l'heure prévue comme si le hasard maléfique avait avancé la représentation théâtrale sans la prévenir. Elle se sentait comme flouée, trahie, c'était injuste. Pourquoi le hasard lui en voulait-il ? Pourquoi favorisait-il Guillaume ?

Au bout d'une heure, elle se calma, posa ses mains bien à plat sur la table et après un long moment d'immobilité suivi du silence qui précède toujours les décisions irrévocables elle respira profondément puis, devant le vide qui lui tenait lieu de témoins, elle déclina tout haut son engagement : « S'il revient à la charge, il le regrettera ! »

Après cela, elle se coucha, relut pour la centième fois deux ou trois poèmes de Musset et, écrasée de fatigue, s'endormit.

*

Guillaume ne fut victime d'aucun malaise qui l'aurait empêché de rentrer tranquillement chez lui et de faire l'amour à sa femme après avoir bien soupé et regardé une émission de variétés à la télévision.

Il se rappelait maintenant les bons moments qu'il avait passés avec Laura pendant les quelques mois qu'avait duré leur liaison, car pour lui, c'était une liaison et non un banal accord financier. Il s'en attribuait tout le mérite, elle avait été sensible à son charme, elle avait cédé tout simplement, c'est ainsi qu'il fallait voir la chose. L'argent oui, l'argent était le troisième acteur de leurs jeux intimes, mais il était si discret l'argent, si effacé, il se faisait toujours oublier comme s'il n'existait pas, il était toujours présent, mais il ne voyait rien, n'entendait rien, ne sentait rien, toujours camouflé dans une enveloppe posée là avec tact, furtivement comme un cadeau surprise puisque Guillaume était riche et que pour lui, quelques centaines d'euros étaient comme le prix d'un café. On ne séduit pas une jeune femme en lui offrant un café, quand on est dépourvu d'autres atouts personnels, cela ne suffit pas. Il ne doutait de rien, il était tellement sûr de lui..

Maintenant que l'effet de surprise était passé, il se demandait comment une fille qu'il avait récupérée sans le sou, avait réussi à se trouver à la tête d'une entreprise aussi importante. Elle était vraiment « dans le rouge » quand je l'ai connue, pensait-il. Heureusement qu'il y avait des filles « dans le rouge », cela l'arrangeait bien. Après tout, était-ce sa faute à lui, si elles avaient raté leurs examens ? Celles-ci étaient saines, pas besoin de prendre des précautions qui auraient dévalorisé le plaisir. Il aimait bien cette expression « dans le rouge » qui ne s'applique qu'aux faibles, il lui trouvait un sens moderne, un signal persistant qui harcelait sans relâche la personne dans le pétrin, pour l'avertir que dans peu de temps ça irait très mal pour elle si elle ne réagissait pas.

Comment Laura s'en était-elle sortie ? Qu'avait-elle fait pendant tout ce temps ? De quel homme important était-elle devenue la maîtresse ? Car il ne pouvait pas imaginer une seconde qu'il puisse y avoir d'autre ascenseur pour monter aussi vite les étages d'un si haut immeuble. N'était-elle pas issue d'un milieu social incompatible avec un tel poste ? Il y avait tout de même une certaine logique dans la hiérarchie sociale, il fallait s'y tenir.

Rien que sa robe, pensa-t-il, il avait une idée des prix, une nuit ne suffit pas pour payer une telle robe. Pour Guillaume, le prix des nuits qu'il payait étaient toujours l'unité de compte.

Il voulait savoir comment elle avait fait, il avait les moyens pour savoir, cela ne serait pas bien difficile, et même sans s'exposer personnellement puisque personne ne connaissait leur histoire. On aurait pu penser que c'était par simple curiosité, voire avec une pointe d'admiration envers la réalisatrice d'un tel exploit. La réalité était tout autre ; il cherchait la faille, il ne pouvait pas supporter qu'une femme n'ait pas un point faible et il était persuadé de posséder le don de le découvrir plus rapidement que beaucoup d'autres, c'était ça la clé de ses succès. Il avait toujours trouvé la faille avant tout le monde. Arithmétiquement, sur ce point, il les battait tous.

Aussitôt que son travail lui laissa un peu de répit, il commença les recherches. D'abord, il consulta l'organigramme de l'entreprise, mais là, encore, pas de Laura. Il en fut étonné. Il y avait une Léa au sommet de la pyramide. Il vérifia, demanda, pas de doute, il s'agissait bien de Laura, sa Laura à lui qui s'appelait autrement. Avait-elle deux prénoms ? Un prénom composé peut-être ? Avait-elle une sœur jumelle ? C'était si peu probable.

Non, on ne peut pas s'appeler Laura-Léa, c'est ridicule. Certains parents font preuve de mauvais goût, en choisissant le prénom de leur fille, mais pas à ce point tout de même ! Non, il y avait autre chose, il fallait qu'il trouve.

S'était-elle moqué de lui en inventant un prénom de « sugar baby » ? Il s'en serait bien aperçu, à un moment ou un autre, elle se serait trahie. Elle semblait tellement à l'aise avec son prénom.

Il savait où chercher, car il avait une manie assez originale : il collectionnait les messages provenant des jeunes femmes qu'il avait achetées, c'était son expression lorsque la fibre du mépris faisait surface.

Tous ces messages étaient placés, bien rangés, au fond de son portable et parfois, quand il n'arrivait pas à se concentrer sur son travail ou bien pour se délasser, il les faisait apparaître et défiler d'un léger geste du pouce ou de l'index, comme des anecdotes plus ou moins coquines qu'il relisait d'un œil fier et émoustillé.

Certaines n'avaient répondu que deux ou trois fois, alors il passait vite sur ces quelques lignes qui le laissaient indifférent. Le rapport qualité-prix n'y était pas, pensait-il. Mais d'autres comme Chloé ou Sonia, avaient tenu une micro-correspondance plus suivie, parfois une bonne dizaine de fois.

Chloé était plus performante le jour que la nuit, elle aimait le grand air, les sentiers de montagne où elle était imbattable le dimanche matin, lorsque la rosée n'était pas encore dissipée. Elle piétinait d'un pas assuré l'herbe mouillée au milieu des sapins, sans souffler, sans montrer la moindre fatigue. Guillaume la suivait, aiguillonné par le short très court, mis pour la circonstance, car elle connaissait ses goûts pour les belles jambes, et au fur et à mesure qu'ils prenaient de l'altitude, que le soleil commençait à chauffer la terre, il commençait à s'impatienter, à compter le temps qui restait avant d'atteindre le sommet, mais pas n'importe lequel, un sommet qu'elle connaissait, un sommet ballonné d'herbe tendre sur laquelle ils s'étendraient et il aurait alors sa récompense, payée d'avance, mais aussi méritée par l'effort de plusieurs heures de marche forcée, avant d'atteindre enfin le ciel. Seuls quelques sapins solitaires les regardaient faire de loin, témoins impassibles de son succès.

Il revoyait tout cela maintenant, en relisant les mots qui avaient précédé et suivi leurs week-ends en montagne. Continuait-elle toujours à grimper aux sommets des montagnes ? De qui faisait-elle actuellement le bonheur ? Peu importait, c'était le passé. Il suffisait de faire glisser un peu l'index pour changer de scénario.

Quant à Sonia, malgré leur liaison éphémère, elle avait une place un peu à part dans sa collection, car celle-là il ne l'avait pas payée, il l'avait eue en cadeau, au charme de sa voix, elle ne lui avait coûté que des paroles, mais encore fallait-il savoir les choisir, car tous les mots n'ont pas la même valeur dans un processus de séduction. Il l'avait connue une après-midi chez des amis, lors d'une fête dans leur jardin, en honneur de leur nièce qui venait de terminer ses études dans une école militaire. Elle en sortait avec le grade de lieutenant. Elle n'avait pas encore reçu d'affectation mais c'était imminent.
Elle était venue en uniforme bleu-marine à boutons dorés qui la faisait apparaître comme une femme décidée et en même temps très désirable.

Guillaume était très sensible aux jeunes femmes portant l'uniforme, d'autant plus que certaines lui paraissaient inaccessibles, c'était le cas pour les hôtesses de l'air qui n'avaient répondu que par un léger sourire à ses tentatives d'approche. Elles ne sont pas réceptives, dans cette espèce de sous-marin, c'est l'effet du manque d'oxygène, à cette altitude, pensait-il. Il avait donc définitivement renoncé, convaincu que le jeu était perdu d'avance, compte tenu du peu de temps que durait le voyage. Et pourtant, elles étaient si belles dans leur uniforme que chaque compagnie s'efforçait de faire rivaliser par la couleur et la coupe parfaite. Jamais les stylistes n'avaient fait d'œuvre plus utile.

Dans le cas des uniformes militaires le jeu lui paraissait plus facile à gagner, d'abord parce qu'elles marchaient sur la terre ferme et que le temps n'était pas compté. Si leur uniforme était moins aguichant que celui des hôtesses, si l'absence d'un foulard de soie bariolée était vraiment un manque, et leur donnait un air un peu austère, il restait tout de même l'essentiel.

Sonia fut sensible aux arguments de Guillaume qui tranchaient nettement avec la rudesse de certains comportements des jeunes hommes de sa promotion et ne tarda pas à dire oui à tout.

Ils se retrouvaient chez lui et, comme il le lui avait demandé, elle était venue en uniforme, il se sentait vainqueur de toute une armée en la possédant. Lui qui n'avait pas dépassé le grade de deuxième classe lors de son service militaire, devenait, sans se lever de son lit, un général en chef, un Nabuchodonosor, soumettant sans pitié tous ses ennemis et commentant, dans sa tête, la bataille au fur et à mesure qu'elle se déroulait. Il voyait sur une chaise, la veste aux boutons dorés, sans vie, son trophée.

Sonia trouva cela amusant la première fois, la seconde fois, déjà beaucoup moins, et il n'y eut pas de troisième fois. Il le regretta. Il avait voulu gagner la guerre tout seul. Combien de temps devrait-il attendre pour fantasmer de nouveau sur un uniforme ?

*

Il affichait toujours un léger sourire en revoyant la scène qui suivait le texto et il allait de l'une à l'autre sans aucune fatigue et revenait parfois en arrière pour comparer le résultat. Il était dans le même état d'esprit qu'un touriste qui repasse les photos de ses voyages dont il a déjà oublié le prix et qui se prend à rêver du plaisir éprouvé en tel lieu, à tel ou tel moment. Et mieux que l'appareil photo qui donne seulement le jour et l'heure de chaque image, il y trouvait en plus le prénom-signature de chacune d'elles ainsi que quelques mots écrits de leur main. Un vrai plaisir de collectionneur!

Le cas de Laura était très différent des autres cas, d'abord parce que leur relation avait duré longtemps, plus de trois mois, c'était la plus longue, de loin, car il aimait le changement, mais aussi par le caractère très affirmé qu'elle affichait à chaque rencontre. Elle avait été la seule à le faire sortir des routes balisées de la phraséologie passe-partout, banale et inutile, qu'elle ne supportait pas, pour l'obliger à se découvrir un peu. Un mot de trop, par-ci, par-là, laissait entrevoir sa personnalité et elle n'hésitait pas à le contredire, ce qui était nouveau pour lui surtout venant d'une femme qu'il venait d'acheter. On n'achète pas un objet qui vous met mal à l'aise. Mais elle savait s'arrêter à temps avant qu'il ne s'énerve, qu'il ne se vexe, sachant pertinemment pourquoi elle était là. Il ne fallait pas renoncer à la seule source de revenus dont elle disposait.

Peu à peu, sans qu'il s'en rendre compte, une sorte de lien vague se tissait entre lui et elle, lien à sens unique visiblement et il aurait souhaité sans le demander vraiment que leurs ébats se prolongent par un peu de conversation intelligente. Il aurait voulu en quelque sorte, pour le même prix, et en même temps, avoir le corps et la tête, mais elle avait toujours refusé d'aborder des sujets vraiment sérieux tant qu'elle n'était pas complètement habillée. Elle ne vendait que son corps. L'échange intellectuel d'idées, c'était uniquement pour le restaurant comme s'il s'agissait d'un couple d'amis, jamais au lit. Elle s'était assez vite aperçue qu'ils n'étaient d'accord sur rien, bien que cela parût le stimuler encore plus que s'ils avaient eu des centres d'intérêt communs.

Il était dans le train, et profitant de la demi-heure qui lui restait avant l'arrivée, il commença à égrener les messages de Laura. Ce n'est qu'au bout du dixième texto qu'il remarqua chose qui lui avait toujours échappé, qu'aucun n'était signé autrement que par la lettre L suivie d'un point. Alors il comprit le jeu de dédoublement auquel il avait été soumis : quand il faisait l'amour, c'était avec Laura, mais lorsque il lui parlait ou écrivait, c'était avec Léa.

C'était donc tout le corps de Laura qu'il avait obtenu en payant et il aurait voulu, en plus, l'esprit de Léa gratuitement, en prime en quelque sorte. Deux femmes pour le prix d'une. Un peu comme au marché quand vous prenez beaucoup de légumes et que le marchand y ajoute une pomme pour vous faire plaisir. On ne peut pas acheter des plaisirs de nature si différente avec le même billet, mais il ne le savait pas, il ne s'en doutait même pas. Cela devenait un dilemme qui l'empêchait d'être totalement satisfait.

Il savait maintenant à quoi s'en tenir. Il n'était plus question d'argent, bien au contraire, il fallait oublier l'argent, l'enterrer, comme s'il n'avait jamais existé et surtout faire en sorte qu'elle-même n'y pense plus. C'était le plus difficile. S'il voulait obtenir ce qui lui avait manqué dix ans auparavant, et il se sentait poussé par une force étrange qu'il ne contrôlait plus puisque la haute idée qu'il se faisait de lui-même était en jeu, il devait la séduire et en faire sa maîtresse.

Il se sentait comme un joueur d'échecs aguerri contraint de céder une pièce importante avant la partie pour pouvoir jouer d'égal à égal avec un adversaire de niveau supposé très inférieur, mais dont la force en réalité lui était totalement inconnue. Quelle pièce allait-il sacrifier ? La plus importante, la Reine, naturellement ! Il ne pouvait pas faire autrement, mais il aurait dû savoir que, sauf si on joue contre un débutant, quand on sacrifie la Reine, on a perdu d'avance la partie.

*

Quelques semaines plus tard eut lieu la réunion des gestionnaires des différentes composantes du groupe pour harmoniser autant que possible une fusion plus adaptée à la nouvelle stratégie qui commençait à se dessiner.

La liste des intervenants ne mentionnait pas les prénoms. Pour gagner de la place en bout de ligne, seule la première lettre suivie d'un point y figurait. Léa put ainsi lire sur le document que G. Bonnet prendrait la parole. Elle ne le connaissait pas, cependant, il lui sembla avoir déjà vu ce nom, elle ne se rappelait pas où, ni quand, un nom si banal, cela pouvait être n'importe où. Non, vraiment, ce nom ne lui disait rien. Mais le sujet prévu, dont elle avait déjà lu un résumé, n'était pas dépourvu d'intérêt, bien au contraire.

Lorsqu'elle entra dans la salle, ils étaient tous là, discutant entre eux, se serrant la main, allant de l'un à l'autre puisqu'ils se connaissaient parfois depuis très longtemps.

Il ne lui fallut qu'un instant pour savoir qui était G. Bonnet. Le premier regard lui suffit. La boîte aux lettres, cela lui revenait maintenant. Mais cette fois, aucune surprise ne modifia son visage, elle s'y attendait, aujourd'hui, demain ou dans un mois, cela était prévisible, inévitable, programmé, en quelque sorte dans la nature des choses. Le hasard ne l'avait pas fait languir trop longtemps. La patience n'est pas sa première qualité.

L'exposé de Guillaume fut très précis et rempli d'arguments positifs. Selon la logique commerciale et les habitudes de tous ces milieux d'affaires, il nécessitait un approfondissement qui devait se faire en petit comité. Cela eut lieu dans une grande salle annexe au bureau de Léa.

Elle était sereine, froide et professionnelle. Elle posait des questions de fond, approuvait souvent, doutait parfois, une fois ou deux, elle fut sceptique. Aucune des personnes présentes ne remarqua le moindre changement de comportement ni même de nuance de ton avec les séances précédentes. Du professionnalisme ferme et poli, rien que cela, habituel, quand tout va bien dans une entreprise et que l'on souhaite que cela aille encore mieux.

Les secrétaires passèrent à côté pour imprimer la totalité des documents et presque aussitôt, sans l'avoir prévu, Léa et Guillaume se retrouvèrent seuls face à face. Pour la première fois, leurs regards ne purent s'éviter. Guillaume avait depuis longtemps souhaité cet instant, il s'y était préparé, comme on se prépare pour une épreuve sportive, ou bien une partie de chasse, ou encore une partie de pêche, là où il y a quelque chose à gagner. Il avait préparé son coup, il avança le premier pion.

- Vous ne me reconnaissez vraiment pas ? Ai-je donc tant vieilli ?

Léa fut surprise par cette seconde phrase, elle ne cadrait pas dans la logique du jeu de défense prévu. Guillaume était passé simplement de la quarantaine à la cinquantaine. A cet âge-là un homme ne vieillit pas, c'était donc une phrase destinée à dérouter l'adversaire, à se découvrir, à l'obliger presque à se justifier.

Qu'attendait-il donc en disant cela, une simple évocation nostalgique d'un passé qui l'avait comblé et qui ne reviendrait pas, puis on s'en tiendrait là, ou bien une tentative d'entrée en douceur apparente dans un combat dont il était d'autant plus friand qu'il s'annonçait plus âpre ?

Il fallait répondre de suite, le chronomètre était enclenché, les secrétaires reviendraient d'un instant à l'autre avec les documents. Elle ne pouvait pas laisser une telle question s'évaporer dans le vide au risque d'empoisonner l'atmosphère pendant un temps infini.

- Dois-je reconnaître que vous avez connu ma sœur jumelle autrefois ? Laura, n'est-ce pas, Laura ?

Elle savait bien que la réponse ne servait qu'à gagner du temps, qu'elle ne tenait pas, qu'il n'était pas dupe et que la partie ne faisait que commencer. Mais ce n'était pas le moment ni le lieu, elle n'avait choisi ni l'un ni l'autre, trop subit, trop pressant. Elle n'aimait pas être bousculée. Il fallait gagner un peu de temps. Déjà, les secrétaires revenaient avec les documents.

Guillaume ne retint qu'un seul mot des phrases qu'il entendit : ce fut le mot autrefois.

Autrefois, mot terrible pour un homme, qui veut dire il y a bien longtemps. Avait-il vraiment vieilli ? Sa question, destinée à rompre la glace entre eux, avait rebondi sur le visage de Léa et lui revenait en pleine figure. Les hommes détestent qu'une femme dont ils ont été les amants leur rappelle que le temps passe et que cela les concerne aussi. Mais pour Guillaume, ce doute éphémère qu'il avait vu passer devant ses yeux ne se justifiait pas et fut vite oublié.

Non, il ne vieillissait pas. Il avait eu d'autres étudiantes au même tarif, la vie devenait de plus en plus chère, mais la concurrence augmentait avec le nombre d'étudiants et les prix restaient stables, c'était tout bénéfice. Il avait même eu deux ou trois aventures, bien que le mot ait été vidé de son sens depuis longtemps, dans le cadre même de son entreprise, elles ne lui avaient rien coûté, tout au plus la distribution de promotions surprenantes, et malvenues, à l'origine de tensions chez le personnel de son service.

Il était donc un homme comblé : une épouse docile à titre gratuit et pour les autres, quel qu'en fût le prix, c'était très largement dans ses cordes. Cependant, un nouveau désir avait surgi qui mettait tout le reste au second plan ; il ne s'agissait plus de tirer à la grenaille quelques alouettes dans les marais du voisinage, c'était la grande chasse au fauve à balles réelles un fier et sublime animal était en vue, il ne se laisserait pas approcher facilement et lui en tirerait une fierté immense à contempler sa dépouille accrochée à un clou quelque part dans sa tête. Car son orgueil diabolique lui dictait que toutes les femmes rêvent de se trouver un jour dans les bras d'un beau mâle, après avoir feint une résistance inutile. Il voyait déjà le clou, mais pour le moment rien ne pendait le long du mur.

Il se souvenait d'un safari en Afrique, c'était très excitant, il en avait gardé un bon souvenir et quelques photos.

Il y pensait chaque fois qu'il pleuvait ou que le brouillard cachait l'horizon.

Chaque fois qu'il regardait les photos, il se sentait très fort, certain de sa supériorité, il avait toujours fait face, avait eu le dernier mot ; cependant, sur chaque photo du safari apparaissait son compagnon indispensable : le fusil. Maintenant il en allait tout autrement, il devrait lutter à mains nues contre sa supérieure hiérarchique qui était loin d'être dans le rouge. La seule pièce qu'il pouvait mettre en avant était sa compétence et son efficacité au sein du groupe, pour qu'elle le constate, l'admire et cède ; son talent de séducteur ferait le reste.

7

La rencontre mensuelle des décideurs, au mois d'octobre, eut lieu à Paris. La réunion se terminait, il était midi passé, la plupart des intervenants rangeaient déjà leurs documents. Quelqu'un proposa alors d'aller déjeuner tous ensemble, il connaissait bien ce quartier de Paris il savait où aller, c'était bien, disait-il.

Guillaume s'apprêtait à accepter, il s'arrangerait pour être à côté d'elle, c'était relativement facile, il suffisait de ne pas s'en éloigner, de la suivre de près. C'était une belle occasion. Ce matin, ils n'avaient échangé que quelques mots techniques, il en serait autrement à table. Il considérait toujours les tables des restaurants comme ses alliées.

Il se leva, décidé à mettre son plan en exécution.

Il fut arrêté dans son élan par Léa qui lança :

- Désolée, j'ai prévu autre chose, bon appétit à tous.

Elle prenait déjà son manteau. Guillaume, déçu, était à moins de deux mètres. Une occasion ratée. Alors, tout en enfilant sa manche, elle se tourna vers lui, elle lui dit :

- Vous venez avec moi, monsieur Bonnet?

Avait-il bien entendu ? Rêvait-il ? Non, il ne rêvait pas. Mais alors, qu'est-ce que cela signifiait ? Était-il en train de gagner la partie ? Avait-elle profité de ce déplacement, loin de chez eux pour renouer la liaison tant espérée ? L'air de Paris avait-il eu raison de ses réticences ? Elle refusait de déjeuner avec les tous autres et elle lui demandait de l'accompagner ! Où allait-elle l'emmener ? Ce n'était pas le moment de poser des questions, il avait réussi, il en était maintenant persuadé, sa stratégie assidue, bien que discrète, avait payé.

Ils descendirent l'escalier en silence et une fois dans la rue, il posa la question qui lui brûlait les lèvres.

Il aurait voulu lui dire « Où m'emmènes-tu ? » Mais n'était-ce pas prématuré ? Il ne fallait pas précipiter les choses. Il fallait faire preuve de tact, il ne devait pas montrer qu'il avait déjà gagné. Alors il se contenta qu'une question neutre.

- Où va-t-on ?
- On va à Jacquemart-André.

Et comme son visage montrait que manifestement, il ne connaissait pas, elle ajouta :

- C'est un hôtel particulier.

Il n'entendit pas la fin de la phrase, il s'arrêta à l'avant-dernier mot. Quand on est victime d'un désir insensé, on sélectionne les mots que l'on entend au risque d'inverser totalement le sens d'une phrase. Il était aux anges, si vite, à l'heure du repas ! Il était vraiment un super mec, je suis un super mec ! Elle ne résistait pas, il respirait fort, il avait besoin d'oxygène, rentrait son ventre et marchait vite pour hâter le moment d'atteindre les roses du septième ciel. Du coup, il n'avait plus faim. Pourquoi s'attabler pendant plus d'une heure dans un restaurant ? Toujours manger, toujours manger, alors qu'il y a tellement mieux à faire. A aucun moment l'idée d'un succès aussi immédiat ne le troubla. Une aubaine, rien que cela, il n'y a pas de loup derrière une telle aubaine, pensait-il. Mais les loups n'apparaissent jamais en plein soleil, il aurait dû le savoir.

*

Il déchanta quand il fallut faire la queue pour entrer à l'exposition.

Il eut le temps de regarder l'affiche : le Caravage, des tableaux du seizième siècle ! Ce fut comme un coup de massue. Mais il avait le don de la dissimilation faciale, rien ne transpira de sa déception, car tout n'était pas perdu, simplement un peu retardé, il y avait eu de l'avancement, c'était incontestable, un peu de patience, juste un peu de patience, il attendrait, il n'en était pas à quelques heures près, ni à quelques jours, car de toute évidence, ce n'était plus, au pire, qu'une question de jours car le processus était en marche.

Elle aimait la peinture du Caravage depuis qu'elle avait fait un stage de perfectionnement à la langue anglaise à Malte lors de sa première année de fac. Ce n'était peut-être pas l'endroit vraiment idéal pour perfectionner son accent anglais, mais c'était le stage le moins cher. Elle en avait profité pour faire un peu de tourisme et visiter la cathédrale de La Valette. A la sacristie, devant le grand Jean-Baptiste du Caravage, ce fut le choc, le début d'une passion qui ne s'était jamais démentie.

Elle se rappelait, au cours de la visite, avoir échangé quelques mots en anglais avec une

Américaine, une femme d'un certain âge, très distinguée, probablement très riche. Elle aussi admirait le tableau et s'attardait longuement devant comme si elle était venue pour lui.

Elle était accompagnée d'un Français, bien plus jeune qu'elle.

Depuis, elle avait vu d'autres toiles, au Louvre, à la villa Borghese à Rome, à l'église Saint-Louis-des-Français également à Rome, mais elle n'avait vu qu'en photo sa Judith et Holopherne, or la toile serait à l'exposition.

Sujet universel qui la concernait dans sa chair.

Léa l'avait entraîné là, sans l'avertir, dans un but bien précis, cela nécessitait une mise en condition pour elle et pour lui.

Ils étaient maintenant au cœur du sujet. Par chance à cette heure-là, il y avait peu de monde. Guillaume regarda avec peu d'intérêt l'Emmaüs, le saint Jérôme, et même la Vierge en extase, il les trouva trop sombres, déprimants. Il fut en revanche charmé par le joueur de luth, un grand chant d'amour nostalgique qui sortait de la toile et arrivait droit sur lui, mais ne le pénétrait pas vraiment, une bonne partie du chant se réfléchissait sur sa peau sans aller plus avant.

Il se demanda pendant un instant, s'il devenait l'heureux propriétaire de ce tableau, à quel endroit il pourrait l'accrocher. Il ne trouva pas. Il ne lui vint pas un instant à l'idée que ce tableau plairait sans doute à sa femme et qu'elle trouverait à coup sûr l'endroit où l'accrocher, s'il le lui offrait. Ce n'était vraiment pas le moment de penser à sa femme. Chez lui tout était moderne, plat, blanc, rectiligne, un tableau abstrait, peut-être, oui, tout noir avec un point blanc en haut à droite, mais pas un Caravage, même pas le joueur de luth.

Léa l'entraîna devant la Judith. Il faut dire qu'à Jacquemart-André, ils avaient bien fait les choses : tout était rouge dans la salle, la moquette du sol, les tentures des murs, le spectateur était à la bonne température extérieure et intérieure, il n'avait qu'à se laisser porter.

Au bout d'un moment de silence pesant et de recueillement, elle se tourna vers lui.

- Alors ?
- Je n'en voudrais pas dans ma salle à manger.
- Il n'a pas été fait pour ça !

Elle lui répondit avec une froideur sévère pour bien lui indiquer que devant cette toile, on était dans un autre monde et qu'ici les remarques triviales étaient déplacées.

Ah ! Tu n'en voudrais pas, se dit-elle, et pourtant, tu risques bien de l'avoir, sous une autre forme bien entendu, mais tu es sur le bon chemin. Attends encore un peu !

Ce bon chemin, elle ne le connaissait pas encore, n'en avait qu'une vague idée, pas plus que du temps nécessaire. Ce qu'elle avait en tête n'était pas un règlement de comptes entre deux personnes à l'insu du reste du monde. Cela eût été confidentiel, anecdotique et ne l'intéressait pas. Ce duel en vase clos ne lui aurait sans doute rien rapporté. Non ! L'anéantissement de Guillaume devait venir de son propre comportement, car elle ne se voyait qu'en spectatrice, provocante peut-être, mais refusant éventuellement de le remettre sur la bonne voie chaque fois qu'il dérivait trop vers un sentier qui le rapprochait du gouffre.

Une fois encore, il avait suffi d'une petite phrase pour relancer la machine si toutefois elle en avait eu besoin. « Je n'en voudrais pas... » la phrase lui revenait comme un écho.

Guillaume comprit le message. Léa aimait le tableau assurément et, s'il voulait avancer dans sa tentative de séduction, il devait mesurer ses propos et éviter tout duel de paroles inutiles.

Il n'était pas homme à se faire remettre en place deux fois de suite. Heureusement qu'il ne l'avait pas tutoyée une demi-heure avant. Il savait réagir vite. On ne pouvait pas en rester là, c'était à lui à relancer la conversation.

- D'après la bible, dit-il, souvenir de ses cours de catéchisme subis lorsqu'il était enfant, elle a réussi à lui trancher la tête alors qu'il était ivre mort, l'armée, privée de son chef, a été prise de panique et le siège de Béthulie, levé. Elle avait tout pour elle cette femme : le courage, la force et la beauté. La beauté surtout, sinon cela n'aurait pas marché.

Cet éloge aurait dû rassurer Léa jusqu'à un certain point. Il connaissait l'histoire, l'histoire que l'on raconte aux enfants, mais ce n'était pas le vrai sujet représenté par le peintre d'après elle. On était entre adultes, il fallait lire bien au-delà des mots, et sentir les sentiments cachés qui attendent sans se montrer, qui se renforcent avec le temps et qui, l'occasion venue, se manifestent avec violence.

Pour qu'il comprenne bien à quel point, il devait se sentir concerné, Léa lui posa d'autres questions.

- Regardez bien la Judith du Caravage. Si elle entrait brusquement dans votre tente, est-ce que vous en profiteriez pour vous soûler à mort comme on le raconte?

Guillaume hésita, murmura un peu pour chercher ses repères, avala sa salive et sans bien savoir ce qu'elle attendait de lui, et pour éviter un piège qu'il soupçonnait mais ne discernait pas, il dit tout haut :
-Je ne pense pas.

Mais ce n'était pas une réponse suffisante, elle ne s'en satisferait certainement pas, ce n'était que le préambule, quelque chose d'autre se préparait. Alors il se trouva comme un joueur d'échecs ne sachant pas vraiment quelle pièce importante déplacer sans affaiblir sa défense et qui se contenterait d'avancer d'une case un malheureux pion qui somnolait sur la première ligne. Cela revenait à dire : quelle est la question suivante, la vraie question ?

Elle ne tarda pas, c'était prévu.

- Regardez encore la Judith. Elle est belle, n'est-ce pas ? Très belle, plus que ça même. Comment disiez-vous autrefois ? Irrésistible, oui, c'est bien cela, irrésistible.

En entendant les mots « Comment disiez-vous autrefois », Guillaume sentit que quelque chose d'important allait se produire, mais il fut incapable de prédire si cela serait à son avantage. Il se sentait désorienté, marchait sur cette moquette rouge comme sur des charbons ardents, tout était fait pour le mettre mal à l'aise. Il avait chaud, il avait chaud partout. Allait-il assister à l'exécution du général Holopherne ou bien à la sienne ?

Il ne répondit pas et attendit de quel côté la tempête allait arriver, car il la sentait imminente.

- Si Judith était venue chez vous en solliciteuse, quelle aurait été votre réaction ? Votre réflexe d'homme ? C'est une expression que vous aimez ? Vous auriez négocié. Vous auriez annoncé le prix, payable d'avance, sans aucune autre garantie que la parole. C'est ce que fit Holopherne.

Judith savait que la parole d'Holopherne ne comptait pas, qu'elle n'était pas destinée à être tenue. Cependant, elle paya d'avance, non par naïveté ou inconscience, mais par calcul, car elle savait que la jouissance de la vengeance qui suivrait, si tout se passait bien, dépasserait de beaucoup l'amertume de l'humiliation.

Ce fut une bonne vengeance, un acte de guerre, un acte héroïque, célébré par tous ceux de son camp comme un exploit et accepté comme tel encore aujourd'hui par le public qui regarde le tableau. En temps de paix, en revanche, quand tout ronronne, les vengeances sont moins sanguinolentes, elles sont plus subtiles, on ne les crie pas sur les toits, on hésite même à prononcer le mot pour que la morale bourgeoise ne s'offusque pas. Certains prétendent que la vengeance est un crime civilisé. Cela peut se discuter puisque tout est discutable.

C'est cette vengeance guerrière que l'on voit sur le tableau. Le Caravage se moquait éperdument du siège de Béthulie, de la déroute de l'armée assyrienne et du roi Nabuchodonosor, ce qui l'intéressait était de peindre la vengeance d'une femme, c'est en cela que la peinture du Caravage prend un caractère universel et traverse les siècles sans prendre une seule ride. La Judith du Caravage est l'emblème de toutes les femmes qui se sont vengées, de celles qui auraient voulu se venger et qui n'ont pas pu, et de celles qui sont toujours en attente du jour propice.

Guillaume écoutait en regardant alternativement Judith et Léa. A quoi songeait-il en les comparant ?

Quelle était la plus désirable des deux ? Quelle serait la plus cruelle des deux en cas d'échec ?

Léa cessa enfin de parler et regarda Guillaume. Avait-il vraiment compris qu'il était concerné, que c'était un avertissement ferme et loyal pour qu'il renonce au combat ? C'était la dernière chance qu'elle lui offrait, car elle ressentait tout de même, dans le processus qui démarrait, une pointe de culpabilité. La sentence qui devait le conduire à sa perte n'était-elle pas disproportionnée ? Après tout, c'était elle qui l'avait sollicité quand elle avait eu besoin de lui, c'était elle à avoir cliqué la première.

Elle hésita. Non ! Elle n'était pas disproportionnée, la sentence, elle n'avait jamais eu besoin de lui, elle avait besoin d'argent, seulement besoin d'argent. Lui, n'existait pas, seuls les billets contenus dans la poche de sa veste posée sur une chaise comptaient. Et elle se rappelait, quand il était sur elle, avoir compté les secondes jusqu'à mille et s'être dit : je viens de gagner trois cents euros.

Elle aurait pu l'être, si elle s'était érigée en juge en assumant la responsabilité du verdict, mais ce ne serait pas du tout le cas, il construirait lui-même le processus de sa chute.

Mais comment aurait-il compris tout cela puisqu'il n'avait rien à se reprocher ? Il avait fait tellement de bien à toutes ces filles qui avaient pris si facilement son argent.

Aucun courant d'air froid ne fit frémir sa peau, il se contenta de boire les paroles de Léa, et pour la première fois, au delà du désir dévorant qu'il ressentait pour elle, et de la fierté qui allait l'accompagner en cas de réussite, il dut s'avouer, sans vraiment l'accepter, qu'une attirance plus intime, de nature différente, essayait de s'installer en lui. Pour la première fois, il se surprit à penser à Léa en même temps qu'à Laura.

Il commençait à devenir amoureux. Saisi d'un amour inconnu, intéressé certes, mais étrange et mal défini, il était prêt à faire quelques concessions, il se sentait glisser sur une pente inconnue, et pour la toute première fois de sa vie, il se demanda comment on pouvait résister à ce genre de chose.

La visite terminée, ils marchaient maintenant côte à côte et entendaient crisser légèrement le gravier de la cour sous leurs pas. Dans quelques instants, ils seraient dehors, ils iraient sans doute Place de l'Étoile, puis descendraient les Champs-Élysées en flânant devant les vitrines de luxe, il l'aurait pour lui tout l'après-midi dans ce cadre mythique, ils prendraient, au pire, le train de vingt et une heures. C'était vraiment une belle journée, tout était inespéré, il était ravi.

Dès qu'ils furent sur le trottoir du boulevard Haussmann, elle s'arrêta brusquement, se tourna vers lui et annonça froidement :

- Je vous laisse là. J'ai encore un rendez-vous. Ma journée n'est pas finie.

Avant qu'il n'eut le temps de réagir, elle lui tourna le dos et remonta le boulevard en sens inverse d'un pas rapide.

Il resta planté là, comme sonné, anéanti, comme si tout ce dont il avait rêvé aujourd'hui était brusquement sorti d'une benne et s'était déchargé à ses pieds formant une pâte gluante qui l'immobilisait.

Il ne pouvait pas rester ainsi. Avec son porte-documents à la main, il ressemblait à un provincial

égaré sur un trottoir de la capitale qui cherche la station de métro la plus proche. Un passant bien intentionné, le voyant si embarrassé, allait peut-être lui proposer de l'aide.
Il prit, d'un pas rapide, le boulevard Haussmann en direction de l'Étoile, il avait un grand besoin d'air, il lui fallait du mouvement.

Il se rappela soudain qu'il n'avait pas déjeuné. Il acheta une tartelette dans une boulangerie et l'avala en marchant.

Elle l'avait laissé sur un trottoir de façon cavalière et préméditée, en lui disant, sans autre explication, que sa journée n'était pas terminée, c'était sans aucun doute pour retrouver quelqu'un, un homme, son amant. Quel affront venait-il de subir ! Il n'avait servi que de passe-temps en attendant l'heure où l'autre serait disponible. Elle ne rentrerait sans doute pas ce soir. Alors, peu à peu, au fur et à mesure que la place de l'Étoile approchait, le sentiment étrange qu'il avait cru ressentir au fond de lui se transformait en une jalousie qui le brûlait jusqu'aux os. Lui, qui d'habitude, lorsqu'il marchait dans la rue, était d'un mutisme absolu, pensait tout haut et marmonnait maintenant contre cette ombre qu'il ne connaissait pas et qui n'avait peut-être même pas d'existence.

Il ne se contenait plus. Mais, loin de s'avouer vaincu, cet affront fouettait encore son désir de possession, pour la punir, pour lui prouver tôt ou tard qu'on ne lui résistait pas et qu'il avait toujours été et serait toujours vainqueur.

Il la voyait déjà sur le lit d'un grand hôtel, n'ayant plus d'arguments à lui opposer, immobilisée et le subissant selon d'ordre logique des vaincues.

Depuis cet instant, la jalousie ne le quitterait plus et ferait partie intégrante de son comportement.

Dans le train du retour, il retrouva quelques-uns de ses collègues. Naturellement, Léa n'y était pas. Il n'osa pas demander si quelqu'un l'avait vue, cela eût paru bizarre qu'un employé demande des nouvelles de son patron, cela ne se fait pas. N'y tenant plus, il se leva et parcourut toute la rame jusqu'à la voiture-bar sans résultat. De retour à sa place, il essaya de calmer ses nerfs en feuilletant une revue, mais en dehors des titres, il fut incapable de lire un article quelconque jusqu'au bout.

Au bout d'une heure, simulant un besoin naturel, il se leva et parcourut la rame dans l'autre sens, cette fois encore sa tentative fut infructueuse. Que se serait-il passé si, par hasard, il l'avait trouvée, discutant agréablement avec un homme qu'il ne connaissait pas ? Il eut beaucoup de chance, il ne la trouva pas. Une fois bien calé sur son siège, il se rendit compte du ridicule dans lequel l'entraînait sa jalousie, son désir effréné de possession, son manque de contrôle de soi. Il ferma les yeux comme s'il voulait s'assoupir, ou s'adonner à une réflexion profonde, lui qui ne se posait jamais beaucoup de questions, et attendit ainsi la fin du voyage.

De retour chez lui, il râla auprès de sa femme contre ces réunions dites de travail, qui n'ont jamais lieu au même endroit et où on discute de tout et de rien sans même avoir le temps de manger. Tout cela le fatiguait au plus haut point.

- Je n'ai rien pris depuis ce matin, dit-il, je suis épuisé.

- Je vais te préparer un bon petit dîner pour réparer tout ça, lui dit sa femme pour le consoler.

8

Les deux groupes autrefois concurrents avaient maintenant fusionné et par la force des choses les rapports entre tous les directeurs étaient devenus fréquents. Quand le travail pressait, quand on ne pouvait pas couper la journée par une trop longue pause, le personnel déjeunait à la cantine. C'était au dernier étage, elle ouvrait sur une grande terrasse qui dominait une partie de la ville. L'endroit était idéalement propice à des conversations moins conventionnelles, plus conviviales, tout en restant superficielles et on se limitait à des généralités, car le temps était compté, trois quarts d'heure en tout, ce n'était pas le moment d'exposer longuement ses états d'âme. Cependant, toute forme de hiérarchie apparente semblait avoir, sinon totalement disparu, du moins beaucoup diminué pendant la pause, et le menu, toujours très correct, créait une sorte de lien humain et planificateur. On mastique de la même façon que l'on soit Directrice générale ou simple coursier.

Guillaume avait compris que l'endroit était de son côté, un allié potentiel, une vraie opportunité, cette terrasse, le seul endroit où le travail était mis provisoirement entre parenthèses, c'est là que tout pouvait recommencer s'il menait bien son jeu. Il y venait souvent dans l'espoir d'y rencontrer Léa qu'il continuait à appeler Laura au fond de ses pensées stratégiques. Il ne renonçait pas, il avait encore des ressources avant de se déclarer vaincu. D'ailleurs, l'idée de se déclarer vaincu ne lui était même pas venue à l'esprit.

Léa n'y venait en revanche qu'une fois par semaine, généralement le lundi, rarement deux fois, elle préférait déjeuner avec Alix dans un petit restaurant qu'elles avaient déniché à deux stations de métro. Elle éprouvait le besoin de couper la journée en deux, de changer d'air pendant deux petites heures, de ne plus penser à son travail, de voir d'autres têtes et d'écouter les propos d'Alix qui parlait toujours pour deux.

Elles s'étaient connues dans la piscine du club de gymnastique qu'elles fréquentaient plusieurs années auparavant. Combien d'années, déjà? Elles ne se souvenaient plus. Bien plus sans doute qu'elles ne le supposaient. Le temps passe trop vite pour tout le monde. Elles avaient d'abord échangé quelques mots sur la température de l'eau qu'elles trouvaient trop chaude puis sur l'éclairage qu'elles trouvaient plutôt blafard et Alix n'arrêtait pas de donner son avis sur le maître nageur qu'elle trouvait « pas mal du tout » dans son short et ses nu-pieds. Il est « naturel », disait-elle. Elle aimait les hommes naturels. Ils sont mon point faible, disait-elle. Elle aussi était très naturelle à sa façon.

Elles n'eurent pas le temps de devenir vraiment amies, les horaires étaient trop contraignants et Léa renonça à son club de sport après quelques semaines de présence assidue. En somme elles n'avaient sympathisé au total que trois ou quatre fois, toutes mouillées, les cheveux dégoulinant sur les épaules, entre deux longueurs de piscine puis elles s'étaient perdues de vue.

Plusieurs mois s'étaient écoulés lorsqu'un soir d'hiver à l'Opéra, elles s'étaient rencontrées. Léa l'avait reconnue immédiatement, mais Alix hésita. Oui, elle la connaissait, elle l'avait déjà vue, mais où ? Pendant quelques secondes, elle chercha au fond de sa mémoire et tout à coup les séances de la piscine refirent surface. Alors, très étonnée et agréablement surprise elle prononça tout haut la phrase qui allait faire débuter leur amitié :

- Ah, mais oui ! C'est fou comme les gens changent quand ils sont habillés !

Léa eut un petit sursaut alors que la moitié de la rangée se tournait vers elle avec une curiosité amusée. Mais déjà, l'éclairage diminuait, l'entracte était fini et le spectacle reprenait. Ces deux femmes si différentes venaient de se trouver une passion commune : la musique lyrique.

Elles se découvrirent plus tard bien d'autres centres d'intérêt communs ainsi que beaucoup de divergences dans des domaines variés dont elles discutaient presque toujours sur un ton aimablement ironique. Rien n'est plus agréable que de déjeuner avec quelqu'un avec qui on n'est d'accord sur rien, cela ajoute du piment aux plats qui sans cela auraient un goût plus fade, à condition que la conversation reste toujours dans un ton feutré. C'était bien le cas, et chacune des deux recevait les arguments de l'autre sans renoncer aux siens.

Lorsque elle sortait le soir après son travail et n'avait pas le temps de repasser chez elle pour se changer, Léa mettait dès le matin des escarpins à talons hauts. Guillaume , en la voyant passer, était certain que ce n'était pas par hasard. Il entendait alors depuis son bureau, les toc-toc brefs, précis et réguliers des talons dans le couloir et, à travers le mur vitré, il voyait les muscles des jambes de Léa se contracter légèrement à chaque pas, comme le ferait un index pressant, en cadence, la détente d'un pistolet pointé sur son cœur déjà incendié par la jalousie.

Tout cela parlait à ses sens, et l'érotisme du bruit des pas de Léa l'affolait d'autant plus qu'il savait pertinemment que, cette fois encore, il n'en serait pas le bénéficiaire. Il se sentait dépossédé d'un bien qui ne lui appartenait pas, mais dont il avait eu autrefois la jouissance. Tout cela était si loin, et en même temps si près...

Sa jalousie, qui l'avait laissé en paix depuis quelque temps, l'aiguillonna d'un coup, comme s'il s'était frotté à une touffe d'orties virulentes, suivie immédiatement de la haine pour cet homme inconnu, peut-être même hypothétique, qu'elle s'apprêtait à rejoindre en fin de journée. Il regarda le visage de Léa à travers la vitre et la trouva encore plus désirable que d'habitude, ce qui attisa encore son malaise. Pourquoi cette passion frénétique revenait-elle maintenant ? Il dut s'arrêter de travailler un instant, mit ses coudes sur la table, et en fermant les yeux, il revit Laura, sa Laura, qui n'appartenait qu'à lui seul. C'était leur dernière rencontre, à Turin, comme si c'était hier soir, tous les détails défilèrent devant ses yeux clos. Il avait mal partout et nulle part, il ne savait plus s'il brûlait ou s'il avait froid. Il se leva, ouvrit la fenêtre et la referma aussitôt.

Il fit le tour de la pièce comme s'il cherchait quelque chose, mais ne trouva rien. Il n'y avait rien à trouver. C'était fini, elle venait de passer, le couloir redevenu vide ne rayonnait plus que du silence. Son imagination continua à le perturber pendant un long moment, mais elle n'était plus réellement alimentée, il fallait qu'il se calme.

*

Une filiale du groupe venait de se créer aux États-Unis. Elle serait dirigée par Mike Johnson, un expert en relations internationales. Il faisait le voyage exprès en Europe pour rencontrer la Directrice des relations internationales et régler les dernières formalités.

Léa envoya une voiture l'attendre à l'aéroport. Comme convenu entre eux, elle passerait le prendre à son hôtel, le soir, pour l'emmener au restaurant, c'était le bon moyen, habituel et efficace, pour faire connaissance puisqu'ils ne s'étaient jamais rencontrés.

Le restaurant choisi était « Le filet truffé ». C'est là qu'elle emmenait généralement les personnalités, les décideurs, ceux qu'elle ne voyait pas souvent et qui avaient autant, sinon plus, de pouvoir qu'elle. Le chef venait d'avoir sa troisième étoile, c'était tout récent, les menus n'avaient pas eu le temps de changer, mais les prix, eux, avaient déjà fait un petit bond. Mais qu'importent les prix à ce niveau-là ?

A leur arrivée, un peu avant vingt heures, les Américains aiment dîner tôt, toutes les tables n'étaient pas encore occupées mais à quelques mètres d'eux, un couple était déjà installé, une toute jeune femme et un homme plus âgé que Léa ne voyait que de dos.

L'Américain apprécia beaucoup le début du repas, c'était un connaisseur, ce n'était pas la première fois qu'il venait en France et il aimait comparer les vins français aux vins de Californie. Il en parlait avec passion. Il savait que les Français sont fiers de leurs vins et rien ne rend un étranger plus sympathique, à nos yeux, que de constater qu'il fait la différence entre un Bourgogne et un Bordeaux.

Léa, qui n'y connaissait rien en vins, était enchantée. Décidément, cet homme l'amusait, elle n'imaginait pas les Américains ainsi.

Tout cela se passait en anglais, Léa le maîtrisait parfaitement avec un petit accent français qui ravissait son interlocuteur.

Ils en étaient donc là, au milieu de propos aimables, lorsque l'homme qui accompagnait la jeune femme se tourna légèrement vers elle et montra ainsi son profil : c'était Guillaume !

Léa ne s'y attendait pas. Elle eut un petit sursaut, une légère crispation, une contrariété, que son compagnon remarqua mais ne sut pas interpréter.

Le salaud ! se dit-elle, il lui fait le même coup qu'à moi il y a dix ans.

Ce n'était pas le moment d'avoir des états d'âme, elle devait se reprendre, elle était là pour son travail, la soirée n'était pas mondaine, bien que le personnel, en les servant, aurait pu croire à une parfaite idylle.

Elle avait imaginé qu'avec l'Américain, ils pourraient commencer à évoquer quelques détails techniques concernant leur travail, avant l'arrivée du dessert, mais maintenant elle n'en avait plus envie.

Elle éprouvait un sentiment étrange comme si c'était Mike qui l'avait invitée à ce restaurant. Elle voulait être femme pour toute la soirée, lui plaire, qu'il se sente sous le charme. On verrait demain pour les clauses des contrats. Elle avait bien fait de mettre son ensemble en brocart bleu parsemé de motifs allant du rouge au grenat, jupe courte juste au dessus des genoux, bas noirs et escarpins à petits talons assortis. L'Américain appréciait, cela sautait aux yeux.

Ce fut une réussite. Il ne chercha pas à parler de finances. C'était un homme bien élevé. Il posa des questions, d'abord sur la France, puis sur elle, surtout sur elle et cela se faisait avec tant de naturel, tant de finesse que Léa sentait peu à peu son titre de Directrice s'éloigner, s'éloigner encore et encore, au point de lui échapper complètement.

Enfin, lorsque le dessert arriva, à l'autre table, on se leva. Guillaume aida la jeune femme à mettre son manteau et fit le premier pas vers la sortie. Le passage central longeait la table de Léa. Ce fut pour lui comme le chemin du Calvaire. Il passa le plus vite possible en regardant ailleurs, mais il savait à quoi s'en tenir, elle l'avait vu, bien évidemment qu'elle l'avait vu, et depuis un long moment sans doute.

Quelle idée j'ai eu de venir dans ce restaurant, se demanda-t-il avec amertume. Ce ne sont pourtant pas les restaurants qui manquent.

Il était d'autant plus contrarié qu'il avait hésité et cédé, au dernier moment, à une simple envie de changement.

Habituellement, pour ce genre de repas, cela se passait ailleurs, plutôt en dehors de la ville, dans un autre restaurant étoilé, pour que son « invitée » sente son éventuelle résistance s'évaporer.

Léa ne regarda pas l'allée centrale, ce n'était pas nécessaire, elle entendait les pas d'un homme pressé derrière son dos, démarche saccadée d'un homme troublé, suivie d'un parfum de femme qu'elle ne connaissait pas et qui l'intéressait encore moins.

En quelques secondes tout était terminé.

Mike continuait à parler sans se rendre compte que Léa ne l'écoutait plus. Elle avait besoin de conclure l'incident par une phrase muette qu'elle trouva aussitôt : s'il est vraiment un être primaire, cela n'aura aucune conséquence sur son comportement, dans le cas contraire sa nuit sera perturbée par la secousse qu'il vient de recevoir. Elle lui souhaita une panne, deux pannes, plein de pannes, toute une nuit de pannes.

Elle s'arrêta brusquement en s'apercevant qu'elle cédait à une pointe de jalousie inconsciente.

Quoi qu'il en soit, il le regrettera, se dit-elle.

Déjà, elle entendait de nouveau les phrases de Mike, les écoutait, et lui souriait pour qu'il voie qu'elles portaient.

L'hôtel où logeait Mike n'était qu'à deux ou trois cents mètres du restaurant. Ils marchaient côte à côte profitant d'une nuit clémente sans un souffle d'air bien que l'automne s'apprêtait déjà à céder la place aux premiers jours de l'hiver.

Ils ne se parlaient pas, non pas parce qu'ils n'avaient plus rien à se dire, mais parce qu'ils étaient conscients que quelque chose pouvait se produire sans qu'ils s'y soient préparés, sans qu'ils l'aient même envisagé deux heures auparavant. Ils étaient chacun de son côté comme des joueurs d'échecs hésitant indéfiniment avant d'avancer une pièce qui les entraînerait là où ils n'avaient pas prévu d'aller.

La distance fut vite franchie malgré leur marche nonchalante, et à la vue du hall d'entrée, Léa se souvint qu'elle était la Directrice du groupe et que les négociations prévues dès le matin ne pouvaient être menées de façon sereine que si aucun fait nouveau ne venait ce soir modifier le rapport de force. En fut-il de même pour Mike ? Elle ne chercha pas à savoir.

Une simple phrase clôtura la soirée. Léa prit un taxi et rentra chez elle.

Dès qu'elle fut dans la voiture, elle perdit son titre de Directrice et redevint femme. Avait-elle bien agi dans l'intérêt d'un groupe financier contre son propre désir ? Elle refusa de se poser la question de peur de ne pas pouvoir répondre.

Le reste de la nuit ne fut pas facile pour elle. Avait-elle marché pendant un moment sur le bord d'une falaise ?

Juste avant de s'endormir elle ressentit, comme ondulant dans un léger courant d'air, le parfum de cette jeune femme qui l'avait frôlée au restaurant, elle lui apparut alors comme une rivale éphémère et dérisoire. Une rivalité inconsciente et inavouable. C'était ridicule, mais elle n'y pouvait rien. Pourquoi les femmes pensent-elles à leurs vingt ans toujours avec nostalgie ?

Cette fille était peut-être étudiante, comme elle l'avait été, elle aussi, dix ans plus tôt. Était-elle débutante ou bien commençait-elle à être blasée ? Qui aurait pu le dire ? Quelle importance cela avait-il ? Pourquoi voulait-elle en savoir davantage sur cette fille qu'elle n'avait aperçue que durant un court instant et qu'elle ne reverrait sans doute jamais plus ?

Tout continuait donc comme si les décennies ne comptaient pas, comme si la société avait banalisé une situation anormale. Elle aurait dû l'arrêter au passage et lui demander : « N'avez-vous donc pas trouvé d'autre moyen ? » Et si ce n'était pas le cas ? Si elle était simplement sa fille, sa nièce ou sa cousine ? De quoi aurait-elle eu l'air dans ce cas ?

De quoi se serait-elle mêlée ? Non ! Guillaume n'avait pas de fille, de nièce, ni de cousine, elle ne voulait pas qu'il en ait.

- Il me payera tout ça ! Comme s'il s'agissait d'une affaire personnelle, d'une parente à elle, fragilisée pour une raison inconnue, tombée dans le filet du prédateur et qu'il fallait venger. Allait-elle venger toutes les filles qui avaient eu besoin de l'argent de Guillaume ?

*

Le lendemain à dix heures, la réunion avec l'Américain eut lieu comme prévu dans la grande salle. Tous les gens concernés étaient présents, certains avaient les traits tirés, car il y avait eu, la nuit précédente, le championnat du monde de football retransmis en pleine nuit à cause du décalage horaire. Beaucoup d'entre eux l'avaient regardé. Léa leur demanda, avant de passer aux choses sérieuses, s'ils avaient passé une bonne nuit. Chacun comprit la question à sa façon. La phrase n'était pas anodine. Guillaume comprit parfaitement que la question, bien que lancée à l'ensemble du groupe et n'espérant aucune réponse individuelle, lui était directement adressée, que le match n'était qu'un prétexte qui arrivait à point nommé et que cette malheureuse rencontre de la veille au soir lui serait préjudiciable. C'était vrai que sa nuit n'avait pas été à la hauteur de son prix, à qui la faute ? Avait-elle besoin de venir à ce restaurant justement ce soir-là ? Mais il ne l'avait pas montré, comme s'il n'avait pas entendu la question posée, comme s'il n'en avait pas saisi le double sens.

   Lorsqu'elle présenta Mike Johnson, en termes élogieux, à tous les membres présents, Guillaume sentit tous ses nerfs se tendre comme des ressorts. Il imagina un scénario qui lui fit détester cet homme au point de souhaiter l'échec des négociations. Mais il n'y pouvait rien, tout comme les autres participants, ils étaient là pour poser quelques questions annexes, pour éclairer certains points que tous ne connaissaient pas, mais ils ne décideraient rien, le point final ne se passait pas à cet étage.

   Pour la première fois, la haine qu'il éprouvait pour ceux qui approchaient Léa dépassait son intérêt personnel et débordait sur l'entreprise. Léa s'en rendit compte dès le début de la séance et elle lui donna le coup de grâce en déclarant à la fin de la réunion qu'elle se rendrait à New York pour les dernières signatures.

   - Nous aurons l'occasion de nous revoir, dit-elle en se tournant vers l'Américain avec un sourire qui révulsa Guillaume.

   Quand ils quittèrent la salle, elle serra la main de tous ses collaborateurs, avec un empressement particulier pour Guillaume qu'elle salua d'un équivoque « au revoir monsieur Bonnet ». Mais en réalité, elle lui disait en silence: « J'espère que tu as mal dormi la nuit dernière. » Il avait parfaitement entendu les mots qui n'avaient pas été prononcés.

Tout retourné et déçu, détestant tout le monde qui l'entourait, refusant absolument de s'en prendre à lui-même, il se considérait comme une victime du comportement d'une femme dont il ne comprenait pas la réaction.

Avant la fin de la matinée, depuis son bureau, il entendit le bruit des talons qu'il connaissait. En levant la tête, il la vit passer d'un pas décidé accompagnée de l'Américain.

Jusqu'à la fin de la journée, son efficacité au travail s'en trouva très affectée. Il ne rappellerait plus la fille de la veille, la rendant responsable de la mauvaise journée qu'il venait de passer.

Pendant les deux semaines suivantes, le hasard fit en sorte que Léa et Guillaume ne se rencontrent pas. Elle ne déjeuna pas à la cantine, resta enfermée à son bureau jusqu'à tard le soir, fit un aller-retour à Vienne sans avoir eu le temps de profiter de la ville, et passa beaucoup de temps à préparer un voyage à Barcelone, voyage plusieurs fois repoussé par des contraintes de calendrier mais qui ne pouvait plus attendre..

Le groupe souhaitait avoir une antenne dans la capitale catalane, des contacts avaient été pris à plusieurs reprises depuis longtemps, sur l'initiative de Léa, avec une agence qui travaillait déjà avec la France et qui était prête à rejoindre le groupe pour profiter d'une structure internationale, si, toutefois, une certaine autonomie lui était laissée. Leurs exigences ayant paru justifiées et raisonnables, les pourparlers étaient suffisamment avancés pour justifier la signature de l'accord définitif.

9

C'était la troisième fois qu'elle venait à Barcelone. La première fois, elle avait fait l'aller-retour dans la journée pour faire connaissance, pour voir si les responsables de l'agence paraissaient crédibles, s'ils étaient vraiment motivés. Elle ne vit rien de la ville, l'aéroport, puis le taxi, les bureaux, trois heures de discussions en espagnol, une heure au restaurant et le retour de façon aussi précipitée.

Le voyage confirma sa première impression, tout se présentait sous les meilleurs auspices.

Le chef d'agence, Jordi Poncet *(qui se prononce Poncette)* un homme jeune, dynamique qui voulait réussir et qui parlait assez bien le français, fut très convaincant. Son projet fut aussitôt validé par la hiérarchie. Elle y retourna quelques semaines plus tard pour signer les contrats, accompagnée de quelqu'un du service juridique pour que tout soit parfaitement clair.

Elle n'était alors que « la petite jeune » du service international, c'était l'un de ses premiers voyages à l'étranger. Cette fois, en revanche, pour son troisième voyage, sa situation était tout autre, elle arriverait à Barcelone avec le titre officiel de Directrice du service international de l'entreprise. Sa marge de manœuvre était tout autre.

Tout avait été signé lors du deuxième voyage, il s'agissait cette fois de bien définir le rôle de chacun et d'harmoniser les initiatives en accord avec la maison-mère. Jordi avait fait des propositions, avait bien préparé le déroulement des séances de travail, il n'y aurait pas de temps mort, aucune nouvelle hésitation. Il commençait à connaître les méthodes de Léa.

Le travail devait durer deux jours. Léa arriva le jeudi pour profiter du week-end et visiter la ville, une fois le travail terminé.

Elle s'était rendu compte, au cours des précédents voyages, de la susceptibilité des Catalans, de l'attachement qu'ils conservent à leur langue et des problèmes que cela leur pose avec le reste de l'Espagne. Elle avait constaté, chaque fois, que, bien que parfaitement bilingues, les responsables de l'agence parlaient toujours catalan entre eux et ne bifurquaient au castillan qu'en s'adressant à elle. Ils y ajoutaient parfois une petite phrase en français, pour la saluer, pour lui dire « au revoir », pour lui faire plaisir, bien que l'expression « au revoir » soit extrêmement difficile à prononcer pour un Catalan et encore plus pour un Castillan. Mais elle était toujours sensible au geste.

Elle décida donc d'apprendre quelques expressions en langue catalane pour les utiliser au bon moment. Elle les écrivit sur son téléphone portable et dans l'avion, à dix mille mètres d'altitude, elle l'ouvrit et révisa sa leçon en silence.

Elle savait que Jordi Poncet organiserait son séjour à la perfection, comme les fois précédentes, mais elle ignorait que, la sachant toute seule, il irait l'attendre à l'aéroport. Ce fut une agréable surprise.

Sur la route qui le menait à l'aéroport, Jordi se posa la question : comment allait-il l'accueillir ?

Lui dirait-il « Bonjour madame », de façon très formelle, en respectant la traditionnelle hiérarchie, ou bien trouverait-il une autre formule moins conventionnelle qui lui montrerait qu'il était sensible à son côté humain?

Lors de son deuxième voyage, ils avaient déjeuné ensemble entre deux séances de travail, cela avait été un moment agréable comme si un fluide aérien les avait enveloppés et isolés du reste du monde pendant un instant.

C'est le climat méditerranéen qui veut ça, avait-elle pensé alors. Lui, en revanche, n'accordait aucun mérite à la douceur du thermomètre, il y voyait d'autres raisons.

Non, il ne dirait pas un « Bonjour madame» administratif, il devait trouver autre chose, il trouverait.

Il la voyait déjà à travers la porte vitrée avec son bagage à roulettes, encore quelques mètres et elle serait là, devant lui.

Il venait de trouver la phrase d'accueil.

- Bonjour Léa, lui dit-il en français.
- Bon dia Jordi, lui répondit-elle en catalan.

Cela produisit l'effet escompté dans les deux sens. Une porte s'ouvrit dont aucun des deux ne savait si elle menait quelque part.

*

Deux jours de travail intense et bien organisé avaient suffi pour régler tous les problèmes prévus. Le vendredi soir, Jordi lui proposa de dîner au restaurant.

- « Los caracoles, » je connais, lui dit-elle, bien qu'elle n'y fût jamais allée. Elle connaissait de réputation seulement, de plus, le restaurant n'était pas très éloigné de son hôtel.

- On s'y retrouve à neuf heures.

Les Catalans dînent tard, c'est bien connu, cela lui laissait largement le temps de faire les vitrines de l'avenue de la Diagonale et du Paseig de Gracia qui ne ferment jamais avant dix heures du soir.

Elle eut un coup de cœur devant l'une des bijouteries de la place de Catalunya. Un collier en améthyste, objet fin, sobre, discret, elle l'aima instantanément. Il était dans ses prix, elle entra, le prit dans les mains, le présenta à son cou, et se regarda dans la glace que le vendeur lui tendait. Elle demanda si elle pouvait avoir les boucles d'oreilles assorties.

- Certainement Madame.

Elle ne résista pas. C'était le cadeau qu'elle s'offrait, qu'elle emporterait de Barcelone. Elle ne savait pas à quelle occasion elle le porterait, peut-être un jour pour monter les marches de l'opéra de Vienne, ou celles de Coven-Garden, ou peut-être celles du Régio, oui ! C'est ça, celle du Régio, en espérant que l'on donne encore le Turandot de Puccini. Les temps avaient changé, mais l'envie de revanche persistait.

Elle flâna beaucoup et ne sentit pas le temps passer, il était presque neuf heures, elle alla directement au restaurant sans repasser à l'hôtel.

En la voyant arriver, Jordi comprit d'où elle venait.

- Vous avez fait des emplettes ?
- Oui, un petit souvenir de Barcelone.

Elle ne précisa pas, et il ne demanda rien. Ils parlèrent longtemps de la Catalogne et de ses problèmes vis à vis des autres autonomies, de la géopolitique de haut niveau, il était très au courant, il n'excluait pas, un jour, de participer activement à la gestion de sa ville. Puis peu à peu le ton devint moins grave, plus personnel, plus confidentiel, il lui demanda ce qu'elle aimait, ce qui la faisait rêver, ce qu'elle voulait voir pendant les deux jours qui lui restaient. Il trouva la réponse un peu confuse et il en profita.

- Si je vous sers de guide, vous verrez plus de choses et vous perdrez moins de temps.

A vrai dire, elle s'y attendait un peu, c'était dans l'ordre des choses et son acceptation ne montra pas la moindre réticence. Il décela même sur son visage un certain plaisir.

Il était déjà tard, elle insista pour payer son repas « car, dit-elle, c'est un repas d'affaires, bien que l'heure soit déjà passée. »

Ils allèrent à pied jusqu'à son hôtel, cela lui rappela la soirée avec Mike Johnson, mais ici les rôles étaient inversés, elle se demanda si elle avait été à la hauteur en parlant de la Catalogne, comme l'avait été l'Américain en parlant de la France, elle n'en était pas certaine du tout. Elle ne savait même pas quel vin elle avait bu.

Devant l'hôtel, au carrefour de tous les dangers et de tous les désirs, Jordi lui dit :

- Je vous prends demain à dix heures pour arborer ma casquette de guide local. Ça vous va ?

Elle se sentit soulagée, cela lui eût été désagréable de refuser davantage ; après tout, elle le connaissait si peu, il était peut-être marié, qui sait ?

- Demain, dix heures , c'est parfait.

En prenant la clé à la réception elle ne put éviter qu'une pensée lui traversât l'esprit : « lui suis-je totalement indifférente ? »

Il avait été très poli, elle aurait aimé un peu plus. Ce qu'elle ignorait, c'est que Jordi n'avait pas encore commencé le combat, il s'était contenté de bien repérer les positions de l'adversaire. Il aurait toute la nuit pour élaborer un plan efficace. Elle avait, elle-même fixé l'heure du début du duel lorsqu'elle avait dit : « demain dix heures, c'est parfait ».

*

A dix heures, il était dans le hall. Il demanda qu'on la prévienne, elle était prête.
- Où allons-nous ?
- A la Sainte Famille.

Monument incontournable, chef-d'œuvre de Gaudí, la seule cathédrale au monde en cours de construction, commencée au dix-neuvième siècle, ceux qui en ont posé la première pierre sont morts depuis longtemps, ni leurs enfants ni leurs petits-enfants ne verront le monument terminé, et peut-être les nôtres non plus. Il en fut ainsi pour toutes les grandes cathédrales.

La construction avait cessé pendant la guerre civile et, paradoxalement, pendant les années de dictature franquiste les travaux n'ont pratiquement pas avancé. Franco considérait la Catalogne comme une région malade, peuplée de dissidents qu'il fallait fusiller, et les princes de l'Eglise lui avaient peut-être mis dans la tête que Dieu était plutôt mécontent que ces gens-là tentent de construire une cathédrale si différente des autres. La cathédrale aussi était dissidente. Ce Gaudí n'était peut-être croyant qu'en apparence, bien que tout semblât dire le contraire. Comment peut-on être sincère quand on est Catalan ? pensaient-ils.

Actuellement le chantier fonctionnait à plein régime, subventionné uniquement par les entrées du public, car le chantier se visite, il est payant, et même assez cher.

Léa en avait entendu parler mais elle ne s'attendait pas à se trouver au centre d'un monument dont l'achèvement s'étendait sur plusieurs siècles. Avec son billet à la main, elle eut l'impression d'apporter sa petite pierre à l'édifice. Dans un demi-siècle peut-être, en y retournant, elle chercherait la plus petite de toutes les pierres et elle aurait le sentiment qu'il s'agissait de la sienne.

Ils prirent l'ascenseur pour voir cela de haut et redescendirent enchantés.

Il était midi quand ils quittèrent la Saint Famille.

- Et maintenant, où allons-nous ?

- Que diriez-vous de visiter un hôpital ?

Léa ne sut quoi répondre. Plaisantait-il ? Il avait pourtant l'air si décidé.

Il n'attendit pas la réponse, il montra la direction et dit :

- C'est par là.

Ils étaient maintenant avenue de Gaudí, huit cents mètres à parcourir, un petit quart d'heure de marche leur ferait du bien.

Au bout de l'avenue, ils avait devant eux le plus grand complexe d'art nouveau d'Europe : *L'Hospital de Sant Pau.*

Classé au patrimoine mondial par l'Unesco

Léa connaissait très peu l'art nouveau, elle n'en avait vu que quelques exemples à Turin. Elle fut éblouie, se crut dans une autre ville, dans une autre époque, en se promenant dans les jardins où les pavillons plus extraordinaires les uns que les autres apparaissaient subitement derrière les bosquets. Et l'intérieur, quelle splendeur. Elle fit des photos, des photos, presque toute la mémoire de son portable y passa. Décidément, Jordi connaissait son affaire mais elle n'était pas au bout de ses surprises, la journée n'était pas tout à fait finie.

- Puis-je vous proposer une surprise pour ce soir ?

- Oui, puis-je savoir quel genre d'autre surprise ?

Elle avait dit oui avant même de savoir de quoi il s'agissait, elle s'attendait à tout et ne cherchait plus à savoir.

Jordi hésita, puisque c'était une surprise, il ne devait pas tout dévoiler d'un coup.

- C'est de la musique, on va aller entendre mon frère.

Il avait donc un frère musicien, elle imagina qu'il chantait ou jouait d'un instrument dans une boîte à la mode, du saxophone sans doute. Les boîtes, elle n'aimait pas beaucoup, mais là, c'était un peu différent. Elle voulait bien essayer.

- Il faut que je téléphone pour réserver.

Il parlait vite, en catalan, elle ne comprit pas ce qu'il disait, mais en rangeant son appareil, il ajouta : « ça marche ! »

Au retour dans la ville ancienne, ils allèrent tout naturellement au quartier gothique.

- Voulez-vous voir le musée Picasso ? C'est juste à côté.

Elle était d'accord sur tout, elle se laissait porter, c'était si agréable.

Ils prirent la rue d'Avignon, autrefois peuplée de « demoiselles » immortalisées par Picasso, puis la rue Ataülf, le roi wisigoth, époux de Galla Placida la fille de l'empereur Théodose qui connut un destin tragique et dont Léa avait vu le mausolée à Ravenne sans faire le rapprochement.

En rentrant, elle poserait la question à Sandra.

- Quelle relation y a-t-il entre le mausolée que nous avons vu ensemble à Ravenne et les demoiselles d'Avignon ? Et après l'avoir laissée mijoter quelques secondes elle ajouterait : c'est juste à côté !

Elle fut étonnée de trouver dans ces ruelles des magasins vendant la production de stylistes locaux, et même quelques objets de stylistes renommés. Elle entra, acheta un chemisier qui lui plaisait et regarda Jordi. Mais il ne comprit pas qu'elle attendait un mot qui ne vint pas.

A quelques dizaines de mètres, la rue Moncada et le musée Picasso.

Au milieu des chefs-d'œuvre, il y avait une feuille de carton blanc sur lequel Picasso avait écrit : « Celui-ci c'est bien moi qui l'ai fait », c'était l'époque où on parlait de dessins attribués à tort.

*

Il était presque huit heures, le temps avait passé si vite. Elle avait besoin de savoir comment se déroulerait la suite.

- On s'habille comment, pour aller à votre surprise ?

Elle avait failli dire : « pour aller chez votre frère », mais n'osa pas.

- On s'habille comme si on allait à l'opéra.
- Vous me faites marcher !
- Pas du tout !

Allait-on à L'Opéra ? Elle ne savait plus que penser, il avait l'air tellement sérieux en disant : « pas du tout ! »

- Alors, je dois passer à l'hôtel.
- On se retrouve dans le hall dans trois quarts d'heure.

Léa ne comprenait pas ce que son frère venait faire là-dedans. Un saxophoniste de boîte de nuit ! Tout cela se déroulait bien trop vite, et de façon énigmatique, il lui manquait des éléments pour en saisir toute la logique. Puisqu'on allait à l'Opéra, mais il n'avait pas dit du tout qu'ils allaient à l'Opéra, il fallait s'habiller pour la circonstance, cela ne lui posait aucun problème, elle était prévoyante et avait le nécessaire dans sa valise. Sa robe noire très décolletée ferait très bien l'affaire.

Trois quarts d'heure plus tard elle était de nouveau dans le hall où l'attendait Jordi. Il admira sans rien dire le collier d'améthyste et les boucles d'oreilles assorties, ses talons hauts la grandissaient encore, elle était très séduisante, elle savait l'être quand il fallait. Jordi aussi s'était changé, il avait pris un costume sombre, qui le rendait très élégant.

- Je crois qu'il est temps de vous dévoiler la totalité de la surprise. Mon frère est violoncelliste dans l'orchestre du palais de la musique, j'ai pensé que cela vous plairait, une soirée de concert. Au programme il y a la symphonie pour cordes de Barber et la quatrième de Gustave Mahler.

Après le concert on pourrait rejoindre mon frère et aller se restaurer quelque part.

Le « *palau de la musica catalana* » n'était qu'à deux stations de métro.

Léa était ravie, c'était vraiment une belle surprise, elle ne trouva pas instantanément les mots pour le remercier, elle lui prit le bras et monta les marches de ce monument féerique tandis que sa robe noire ondulait légèrement à chaque pas. Elle avait rêvé quelques années auparavant que cela se passerait à Vienne, à Londres ou à Turin, c'était à Barcelone que s'accomplissait son rêve. Elle avait presque oublié, mais le hasard veillait, et ce jour-là, il pensa soudain que c'était le moment.

Ils montèrent les somptueux escaliers du palais avant d'arriver au centre de l'une des plus belles salles de concert du monde, le sommet de l'art nouveau, réalisée par le même architecte que l'hôpital de Sant Pau. Le plafond central, avec sa coupole inversée, tout en vitraux colorés semblait attendre les premières notes du concert.

Ils étaient très bien placés dans ce décor de rêve, Léa feuilleta le programme et trouva à la dernière page la liste des musiciens. Au pupitre des cordes, le nom de Vicenç Poncet y figurait bien, il était le violoncelliste solo. Jordi n'avait pas menti.

- C'est celui qui est à droite, au premier rang, lui dit-il.

Ce fut une soirée exceptionnelle, très bel endroit, très bel orchestre, très belle interprétation.

En sortant du théâtre, ils contournèrent le bâtiment, jusqu'à une petite porte que tous les grands interprètes connaissent, quelques secondes après, Vicenç sortait, son violoncelle sur l'épaule.

Les présentations furent vite faites en espagnol pour que Léa puisse tout comprendre, puisque tous les catalans sont bilingues.

Ils savaient où aller, ils avaient l'habitude, le bar à tapas était dans l'autre rue. C'était un repère d'artistes, des centaines de photos de musiciens célèbres tapissaient les murs.

Léa n'avait jamais eu l'occasion de parler de façon décontractée avec un musicien de ce niveau. C'était un homme très cultivé qui parlait de son métier avec une grande simplicité. Il posait autant de questions qu'il apportait de réponses. Léa possédait toutes les symphonies de Gustave Mahler

Ils comparèrent les interprétations, la qualité des enregistrements, la valeur historique de certaines versions presque introuvables.

- Ainsi, lui dit-il, vous êtes la patronne de mon frère.

Léa trouva la remarque cocasse, Jordi avait dû lui dire : « Je te présenterai ma patronne ! »

Elle se sentit une toute petite patronne, la notion de hiérarchie, ce soir, n'avait pas de sens.

- Disons que nous travaillons ensemble sur des projets communs.

Le temps passa plus vite qu'elle n'aurait voulu, le bar commençait à se vider, il était temps de rentrer. Elle souhaita « bona nit » au frère de Jordi, l'expression figurait aussi sur sa petite liste. Il fut sensible au geste.

A l'hôtel, elle demanda la clé à la réception , ils étaient maintenant dans l'ascenseur. Il sentait ce parfum nouveau qu'il ne connaissait pas, cette quatrième dimension qui caractérise les femmes distinguées. Il en avait été enveloppé durant tout le concert sans pouvoir lui donner un nom, français, ou peut-être italien , car les parfums espagnols, il les connaissait assez bien. Mais il savait déjà, qu'avant que le jour ne se lève il connaîtrait son nom.

Il l'aida à débloquer le fermoir de son collier, il aurait aimé qu'elle garde ses boucles d'oreilles, mais il n'osa pas le lui demander. Même vainqueur, il faut savoir rester modeste. Il était maintenant très près, si près... A cette distance, lui dire « vous » eût été une offense.

- C'est quoi, ton parfum ?
- C'est « L'eau du soir » de Sisley, tu aimes ?
Oui, il aimait.

*

Après le petit déjeuner, elle régla sa note d'hôtel, demanda une facture séparée pour les deux premières nuits qu'elle paya avec sa carte professionnelle, pour le reste, elle changea de carte. Jordi s'en étonna mais ne dit rien.

L'argent et les hôtels étaient pour elle un vieux souvenir qui ne devait pas remonter à la surface.

Il ne leur restait que quelques heures avant de retourner à l'aéroport.

Jordi proposa de monter à Monjuich et de faire une pause, là-haut, dans un bar à tapas.
Ils prirent le téléphérique, il faisait très beau et en bas toute la ville s'étalait devant eux.

Ils étaient maintenant à l'aéroport. C'était la fin du rêve. Il y avait pourtant tellement de choses à voir encore à Barcelone. Quand reviendrait-elle ? Après l'enregistrement, il leur restait encore une bonne demi-heure.

Ce sont ces minutes-là qu'il est si difficile de combler.

- Puis-je t'offrir un café sans que tu insistes pour en payer la moitié ?

- Avec plaisir, je sais que j'ai un problème avec l'argent, c'est un vieux reliquat.

Il ne comprit pas le sens du mot reliquat, mais en la regardant de si près, il constata une fois encore, qu'il y a dans la manière dont une femme déguste une tasse de café tout un langage.

Pendant qu'ils discutaient, le téléphone de Jordi sonna.

Léa ne comprit pas ce qu'il disait, cela ne dura qu'un instant.

- C'était mon frère, je le retrouve ce soir. Il m'a dit que tu étais très belle.

Léa ne répondit pas, mais son regard trahissait son plaisir. Compliment désintéressé, de ceux qui n'aboutissent pas, de ceux qui font le plus plaisir.

- Vous semblez très proches tous les deux.

- Oui, nous sommes les originaux de la famille, nous sommes célibataires, mon frère parce qu'il n'a pas eu le temps, et moi parce que je n'ai pas trouvé la femme idéale. Cela désespère notre mère !

- Tu n'as peut-être pas beaucoup cherché !

- C'est vrai, mais je ne crois pas que l'on trouve la femme idéale en la cherchant. A mon avis, on doit se trouver face à face le jour où on s'y attend le moins.

- C'est une façon de voir les choses.

- Si un jour je la trouve, je te la montrerai, tu me diras ce que tu en penses.

Cette phrase anodine et incongrue provoqua chez elle un rire qui n'avait aucune signification profonde, sinon qu'il ne pouvait pas rester longtemps sans plaisanter. Il était temps de passer dans la zone de transit. Elle le voyait maintenant à travers la vitre. Un dernier petit geste de la main, le contrôle était là. Le reverrait-elle un jour, avant que le hasard ne le mette en face de la femme idéale ?

*

Le lendemain de son retour de Barcelone, Léa déjeuna à la cantine. Elle évoqua la réussite de son voyage. Ils étaient presque l'un en face de l'autre, Guillaume espérait une opportunité pour participer à la conversation. Le repas venait tout juste de commencer, ils en étaient encore aux entrées lorsque son téléphone sonna. Le nom s'afficha aussitôt.

- Bonjour Jordi, comment va-tu depuis hier ? Elle prononça ces mots d'une voix naturelle spontanée comme si elle était toute seule à son bureau, comme si le reste du monde n'existait pas.

Elle se levait déjà, le téléphone à la main. Elle fit quelques pas pour s'éloigner un peu des autres. Ceux qui étaient assis à sa table continuèrent leur déjeuner comme si de rien n'était, un coup de téléphone de la Directrice ne les concernait pas. En revanche Guillaume sentit le début du repas peser brusquement sur son estomac. Ce « Comment vas-tu depuis hier » lui fit l'effet d'un verre d'acide qu'il aurait avalé. Apparemment, bien qu'aucun mot ne fût audible depuis la table, car elle s'était encore éloignée, la conversation ne déplaisait pas à Léa, aucune crispation sur son visage, aucune ride sur son front.

Était-ce vraiment un appel professionnel ?

Mais comment ? Il n'avait aucun droit sur elle, ce Jordi. Il ne la connaissait pas réellement, il ne savait pas qu'elle s'appelait Laura, elle était à lui, c'était sa Laura, il était prioritaire. Si un jour, il devait aller à Barcelone, il le démolirait, ce type. Léa n'était pas une femme, c'était une Directrice, on ne téléphone pas à une Directrice au milieu d'un repas. Quel malpoli ce type. Il ne l'avait jamais vu, mais il le détestait d'une haine violente, tout en l'enviant. C'est la pire des tortures mentales, car la jalousie, c'est aussi la haine. Il s'était crispé et dans l'impossibilité d'avaler une autre bouchée, il vida le peu d'eau qui restait dans son verre et quitta brusquement la table. Son corps ne maîtrisait plus ses sentiments tumultueux.

Quand Léa revint à table, elle remarqua son absence, elle ne fit aucun commentaire.

Le « bonjour Jordi » avait bien produit son effet.

*

Lorsque le travail reprit à quatorze heures, il ne se sentait pas bien du tout. Son collègue de bureau, voyant son front barré et ses paupières congestionnées, lui demanda s'il souffrait.

Cela se voyait donc ! Il pensait que rien ne transpirait, que tout restait à l'intérieur, et ce n'était visiblement pas le cas cette fois. Ce qu'il ressentait ne regardait personne d'autre que lui, aucune personne l'approchant de près ou de loin ne pouvait l'aider. Pour l'instant, il fallait trouver une réponse aussi éloignée que possible de la vérité.

-J'ai mal à l'estomac, dit-il. Certains jours, je ne peux rien avaler.

Le collègue était un adepte de l'automédication.

-Moi aussi, j'ai parfois ce genre de problèmes, mais j'ai un bon remède. J'en ai toujours une boîte sur moi, je vais te montrer.

Il lui proposa deux pilules et insista pour qu'il les prenne de suite dans un demi-verre d'eau.

-Je les achète sur Internet, c'est très simple et très rapide, elles sont à base de plantes. Les plantes, ce ne peut pas faire de mal, ce ne peut faire que du bien, tout le monde vous le dira.

Compte tenu de l'histoire dans laquelle il s'était embarqué, Guillaume n'osa pas refuser et avala les deux pilules en espérant au pire qu'elles n'étaient composées que de vide et de sucre, car il savait comme tout un chacun que les plantes médicinales poussaient bien plus rapidement sur l'humus d'Internet qu'au bord des prairies bien arrosées.

Paradoxalement, le sentiment de s'être peut-être empoisonné lui fit presque oublier momentanément la jalousie que Léa provoquait en lui, car, enfin, aucune femme, si désirable soit-elle, ne mérite que l'on s'empoisonne volontairement parce qu'elle vous repousse sans raison véritable.

Il faut attendre et ne pas abandonner la partie, les lignes finiront bien par bouger.

Comme il connaissait la ténacité de son collègue, il devait se sortir au plus tôt de l'impasse où il venait de s'engouffrer. Dès le lendemain, quand on lui demanda s'il avait commandé ses pilules, il répondit qu'il avait consulté un médecin et que les médicaments prescrits, eux aussi à base de plantes, étaient totalement remboursés et risquaient de faire double emploi avec ceux d'Internet qui ne l'étaient pas.

L'argument était imparable et le collègue n'insista pas. Il ne savait pas que les pilules à base de plantes que l'on peut acheter sur Internet sont totalement inefficaces pour guérir ceux qui sont atteints d'une passion irrésistible qui les ronge irrémédiablement.

*

Pendant plusieurs jours, il fut de mauvaise humeur, il ne parlait presque pas, répondait de façon laconique, et même la nuit, il était confronté à son adversaire qu'il insultait en rêvant dans un sommeil agité, à tel point qu'un matin sa femme lui demanda qui était ce salaud qu'il voulait démolir dans le lit conjugal. Au réveil, il ne se rappelait plus très bien les paroles qui lui avaient échappé et se contenta de dire qu'il avait fait un cauchemar.

- Dans mon métier, avait-il ajouté, on est en conflit permanent, sans préciser à quel genre de conflits il était confronté.

Mais, ce qui lui était le plus insupportable était de voir souvent Léa à travers plusieurs parois vitrées, déambuler dans les couloirs sans même tourner une seule fois son regard vers le bureau qu'il occupait. Il avait alors l'impression de ne pas exister.

10

Léa demanda au service comptabilité pendant combien de temps on gardait les archives. Elle voulait regarder l'évolution des frais professionnels au cours des années passées.

- Depuis le début, lui dit la comptable, mais la structure de l'entreprise ayant beaucoup évolué au cours de ces dernières années, il est difficile de faire des comparaisons.

Léa voulait aussi chiffrer à combien s'élevait la totalité des frais des interventions extérieures pour l'année en cours. La comptable lui fournit un énorme document où tout était détaillé année après année, depuis la création de l'entreprise. Après avoir épluché quelques pages du dossier, elle se rendit compte du travail énorme que cela représentait, car tout était détaillé avec les éléments justificatifs. Il aurait fallu y consacrer beaucoup trop de temps, elle confierait cela à une stagiaire, car seul le total l'intéressait. Avant de refermer le document et de le remettre en place, elle feuilleta machinalement quelques autres pages et tomba sur son premier déplacement à Londres lorsqu'elle était encore « la petite jeune » du service international. Elle reconnut son écriture, cela l'amusa, et lui donna l'idée d'aller plus loin, de sauter quelques pages pour arriver aux années où elle était encore étudiante. Que se passait-il alors ?

A la date du trois mai, apparaissait la demande de remboursement des frais du colloque d'Annecy pour monsieur Guillaume Bonnet !

Tout avait été remboursé, y compris la seconde nuit d'hôtel. Quand Guillaume emmenait une fille quelque part, son entreprise payait donc une partie des frais. C'était bien calculé, il n'y a pas de petits bénéfices.

Elle chercha rapidement ce qui concernait le voyage à Turin, et là aussi, bien que ce fût beaucoup moins évident, les repas de Léa au restaurant étaient aussi aux frais de l'entreprise.

Ce fut le choc, comme un tremblement de terre, elle sursauta, tout sembla bouger dans la pièce où elle se trouvait. Elle était donc très directement concernée, si un jour ça tournait mal, Guillaume pourrait la citer et le scandale éclaterait. Il la tenait.

Léa avait initialement prévu de ne consacrer que quelques minutes à cette affaire, elle y était maintenant depuis plusieurs heures. Elle fit des photocopies de tous les cas le concernant et qui n'étaient pas parfaitement clairs.

Depuis douze ans que cela durait, même si, à chaque fois, la somme n'était pas toujours très importante et passait inaperçue, le système mis en place finissait par chiffrer.

Guillaume était relativement riche, une partie de ses biens provenait de ses parents, il avait épousé une femme qui était loin d'être pauvre et son métier lui rapportait une bonne rémunération. Quel besoin avait-il de grappiller une centaine d'euros par-ci, par-là aux frais de l'entreprise, quand il amenait une fille au cours de ses déplacements professionnels ? C'était plutôt un jeu qui l'amusait, car cela ne représentait chaque fois qu'une goutte d'eau dans le chiffre d'affaires de l'entreprise, et une goutte d'eau ça ne compte pas, si on remet chaque fois le compteur à zéro. Il interprétait cela en se disant : « l'entreprise prend en charge une belle fille pour éviter que je déprime ».

On parlait tellement partout des cadences de travail qui peuvent mener jusqu'au suicide, il avait trouvé le moyen d'éviter de telles extrémités et trouvait normale une modeste participation de l'entreprise à l'équilibre mental indispensable que doit posséder tout employé performant. La forme de cette petite contribution étant laissée au choix de chacun suivant ses goûts.

Après tout, cela se faisait bien officieusement, pour ne pas dire officiellement, dans les très grandes entreprises, quand on emmenait un gros client de passage aux Folies-Bergères où le champagne coulait à flots. Il est vrai que cela laissait espérer la signature d'un contrat lucratif et que l'opération résulterait, au final, financièrement positive. Rien ne vaut un beau ballet de filles nues pour faciliter le commerce international. Guillaume aurait pu en témoigner.

Léa pensa qu'elle le tenait aussi, elle voyait déjà la tête qu'il ferait quand elle le convoquerait.

Son instinct lui conseilla de s'abstenir de toute décision précipitée, directement dictée par la colère, elle préféra en parler à Sandra qu'elle voyait assez régulièrement. Son amie revenait justement d'une réunion mouvementée où les représentants des pays méditerranéens s'étaient étripés pendant plusieurs jours sur un tas de sujets agricoles qui paraissaient pourtant susceptibles d'un consensus. Cela l'avait épuisée.

Te rends-tu compte, dit-elle à Léa, j'ai passé plus de trois jours entiers à traduire des dizaines de documents relatifs au taux d'humidité maximum autorisé pour les raisins de Corinthe ! Ils prenaient tout cela très au sérieux, ces gens-là. Heureusement, ils ont fini par se mettre d'accord avant de passer à d'autres sujets plus passionnants.

Elle parlait, elle parlait, sans prendre le temps de respirer vraiment, pour se calmer, et aussi parce qu'elle avait tellement de choses à dire, tout comme autrefois, elle n'avait pas changé. Il était inutile que Léa place un seul mot, elle ne se serait pas arrêtée pour autant. Mais soudain, à bout de souffle, elle ajouta :

- Et toi ? Alors, raconte !

Léa la mit au courant, succinctement, sans entrer vraiment dans les détails, de ses retrouvailles avec Guillaume, elle ne lui en avait jamais parlé. Elles n'évoquaient jamais leur passé d'étudiantes. Sandra ne comprenait pas l'acharnement de Léa à vouloir se venger.

- Tu lui en veux encore douze ans après. Pourquoi tu n'oublies pas tout ça ? Tu ne peux pas te cantonner indéfiniment dans la rancœur.

- Il voudrait que ça recommence, mais cette fois gratuitement, juste pour ses beaux yeux, il se croit irrésistible, il va déchanter, et même plus que ça.

Sandra, qui côtoyait beaucoup d'hommes dans le cadre de son métier, se conduisait avec eux comme avec sa voiture : tout en souplesse. Elle s'arrêtait toujours où et quand elle voulait, et se garait sans aucun choc ni aucune éraflure. Elle fut très surprise de découvrir chez son amie, ce côté vindicatif qu'elle ne soupçonnait pas.

- Le pauvre, lui dit-elle avec un air de compassion particulièrement hypocrite, si tu continues, je finirai par le plaindre.

Léa connaissait son humour caustique, elle s'y était habituée, et ne réagit pas.

- Mais ce n'est pas tout, il ajoute ses extras à ses notes de frais, et cela depuis toujours.

- Tu veux dire que les cinq mille euros que tu as gagnés, c'est son entreprise qui les a payés ?

- Non, pas l'argent liquide, les restaurants et les hôtels.

- Alors tu n'as pas à te sentir coupable, tu n'as lésé personne. Qu'une grande entreprise paye un dîner à une fille qui n'a pas le sou, où est le mal ?

- Là n'est pas le problème. Puisqu'il continue, tôt ou tard on le découvrira et on épluchera son compte en détail depuis le début et, s'il voit que ça tourne mal pour lui, il ne manquera pas de donner le nom de la fille qui était avec lui à Annecy et à Turin, il y avait des témoins, ses copains, qui confirmeront. Inutile de te décrire le scandale que cela produira. Il faut que je trouve un moyen de lui faire cesser ce petit jeu tout en me protégeant. Je manipule une arme à double tranchant, je dois faire très attention, je ne veux pas être éclaboussée..

Sandra était abasourdie qu'une telle situation puisse se produire. C'était un drame cornélien, elles en avaient ri toutes les deux, autrefois, des drames cornéliens. Des problèmes sans solution, de la pure théorie, pensaient-elles alors. Elle garda son sang-froid devant l'inquiétude visible de Léa qui attendait un mot, une réponse, quelque chose.

- Voilà ce que tu vas faire ! Elle aurait pu lui dire : « à ta place, voilà ce que je ferais », mais ce n'était pas dans le tempérament de Sandra de s'imaginer à la place des autres. L'impératif était le mode qu'elle conjuguait le plus volontiers, surtout vis-à-vis de Léa. Tu vas attendre sans rien dire sa prochaine escapade, tu surveilles bien son compte et, s'il recommence, tu le convoques, je te laisse le soin de choisir la manière, et tu lui annonces sans nuances que s'il continue, il risque de se retrouver à pôle-emploi. Tu verras comment il réagit. Cela suffira à le calmer.

Léa trouva la proposition raisonnable. Une phrase de Sandra la décida :« je te laisse le soin de choisir la manière », cela en disait long de la part de Sandra. Elle intégrerait cela dans le processus de destruction auquel elle s'était engagée depuis le début, elle devait persévérer jusqu'à causer sa perte, c'était au-dessus de sa volonté, son attitude lui était dictée, elle ne pouvait plus s'arrêter puisque elle obéissait à des forces invisibles contre lesquelles elle ne pouvait rien.

*

Les mois suivants s'écoulèrent sans que Guillaume eût l'occasion de faire un déplacement professionnel comportant une nuit d'hôtel, comme si le hasard, au courant des projets vindicatifs de Léa et de l'état où se trouvait son adversaire, déjà flagellé par le fouet de la passion qu'il continuait à éprouver pour elle, avait décidé qu'une longue pause était nécessaire avant un éventuel nouvel affrontement.

Le hasard savait par expérience, car, depuis toujours, il se mêle de tout sans qu'on le sollicite, que dans un combat singulier même le vainqueur n'en sort pas toujours indemne.

C'est à cette époque-là qu'une antenne de la société se mit en place en Argentine. Il fallait prendre pied en Amérique du Sud. Elle serait supervisée par la filiale de Barcelone qui ferait le lien avec la maison-mère. Jordi Poncet s'était déjà rendu deux fois à Buenos Aires et les pourparlers, grâce à lui, étaient bien avancés.

Léa décida de faire le voyage pour sceller définitivement le projet, cela durerait une petite semaine. Elle ne pouvait pas s'absenter davantage, elle en avait averti Jordi. Ils se retrouveraient à l'aéroport de Madrid et feraient le voyage ensemble.

Un autre problème mineur devait être réglé à Barcelone pendant son absence, elle prépara le dossier et le fit transmettre à Guillaume qui se débrouillait assez bien en espagnol. Il ferait le voyage dans la seule journée. Contrairement aux apparences, ce n'était pas tout à fait un cadeau qu'elle lui faisait. Dans ses rapports avec lui, il y avait toujours une arrière pensée.

Vu de l'extérieur, Guillaume avait repris son calme. Tous pensèrent qu'il avait eu un petit problème de santé et qu'il s'était rétabli. Et soudain, à la vue du dossier qu'il allait régler à Barcelone, sa température monta, son sang s'alluma. Il partait seul, sans elle, se rendait-elle compte du cadeau qu'on lui faisait ? Il allait s'expliquer avec le dénommé Jordi. Il lui dirait tout, lui raconterait une histoire incroyable, il la présenterait comme une femme dangereuse qui rejette les hommes, une fois qu'ils ont servi. S'il tenait à sa place, il devait se méfier, être prudent, toujours garder ses distances, faire preuve de professionnalisme et rien d'autre. Plus elle faisait des efforts pour séduire, plus il fallait s'en méfier. Voilà ce qu'il lui dirait.

Il était ravi, il bouillonnait, il cherchait déjà les mots, les phrases qui portent, il ne pensait plus qu'à ça. Sa seule inquiétude était de se montrer crédible, de trouver les bons mots, les bonnes tournures de phrase dans une langue étrangère, il était loin d'être bilingue, ces choses-là se disent avec les nuances et l'intonation qu'il faut, ce n'était pas facile. Ah, elle le repoussait, soit, mais il reprenait la main, elle allait le regretter. L'occasion était unique.

Il songea un instant à amener avec lui la fille du moment, une fille superbe, mais rien de plus, tout dans les contours. Maintenant, il commençait à se méfier des intellectuelles, un peu, oui, c'est bien, il faut bien parler un peu, mais il ne fallait pas dépasser une certaine limite qu'il plaçait de plus en plus bas. Elle refusa l'invitation ou plutôt la prestation, elle avait plusieurs cours ce jour-là et son besoin d'argent n'était pas prioritaire. D'ailleurs à quoi bon dépenser de l'argent pour rien, pour promener une fille pendant quelques heures dans les rues d'une ville qu'il ne connaissait pas. Il renonça, l'idée n'était vraiment pas bonne, il ne fallait pas tout mélanger.

Léa, qui comptait un peu sur l'hypothétique « fille du moment », dont elle ignorait jusqu'à l'existence, pour mettre Guillaume le dos au mur, après avoir relu, quelques semaines plus tard, sa note de frais, dut reconnaître, après coup, en épluchant les comptes, que ce ne serait pas pour cette fois.

Le hasard, maître du ciel, le seul à comprendre les caprices de l'atmosphère, avait prévu la pluie sur Barcelone. Peu importait, Guillaume n'avait pas prévu de flâner. La couleur du ciel s'accordait avec ce qu'il avait à dire.

Il trouva facilement l'adresse, le chauffeur de taxi connaissait son métier, il était attendu. Sa déception fut énorme quand il fut reçu par le collaborateur de Jordi qui le mit au courant. Cela dérangeait tous ses plans. Il n'allait pas décharger tout son sac sur un collaborateur. Une sorte de frisson agita ses mains qu'il réussit à dissimuler en les frottant l'une contre l'autre comme s'il avait froid. Toute la machinerie si soigneusement mise en place s'écroulait devant lui. Elle l'avait fait exprès, elle était partie avec l'autre. Elle lui avait préparé une belle surprise, la garce, elle était plus retorse qu'il ne pensait.

Son interlocuteur parlait le français mieux que lui l'espagnol, il n'y eut aucun problème de traduction. Tout fut mis au point rapidement.

Pendant le repas qui suivit la séance de travail, il prit peu à peu un air très songeur, il mastiquait machinalement comme si rien n'avait eu du goût.

- Vous n'aimez pas ? lui demanda le chef adjoint de l'agence.

Il s'aperçut alors qu'il dérivait, il réagit :

- Si, j'aime ! Excusez-moi, c'est très bon, je pensais aux documents que nous avons signés, tout est parfait.

Ils se sentirent rassurés mais le trouvèrent cependant un peu ailleurs, comme quelqu'un qui doit résoudre simultanément deux problèmes contradictoires. Ils se regardèrent, firent semblant de ne rien constater d'anormal et le repas continua.

Dehors, il pleuvait toujours.

Je suis venu pour rien, se dit-il. L'occasion ne se renouvellera pas. Après quelques phrases échangées qui se voulaient aimables et les avoir tous salués en espagnol, il retourna à l'aéroport. Il était en avance, très en avance, mais peu importait, il ne voulait plus parler à personne. Il avait échoué dans sa première tentative de dénigrement de Léa.

Il appela tout de même la fille du moment, il la convoqua pour le lendemain soir, il avait besoin de se défouler sur quelqu'un.

*

Léa et Jordi étaient dans l'avion qui les amenait à Buenos Aires. Le dossier qu'ils emportaient était complexe et volumineux, ils passèrent les premières heures de vol à en étudier les premiers chapitres. Les hôtesses qui les voyaient manipuler les dossiers ne pouvaient pas distinguer lequel était le patron et lequel son adjoint tant leur complicité dans le travail était totale. .

La semaine à Buenos Aires ne leur laissa guère de loisirs durant la journée, ils n'étaient pas trop de deux pour tout mettre en place, mais ils avaient les nuits pour eux.

Lorsque tout fut terminé, ils s'accordèrent une journée de détente pour se voir enfin en plein jour, autrement qu'autour d'une table, au milieu des dossiers.

- Comme nous avons bien travaillé, la maison mère nous offre exceptionnellement à tous les deux un petit divertissement.

Jordi s'attendait à un petit souvenir argentin, Il n'avait aucune idée du « petit divertissement ».

- Il va falloir se lever tôt, lui dit-elle, et la journée sera chargée.

Devant la perplexité qu'il affichait, elle ne le laissa pas languir davantage : on va visiter les chutes d'Iguazù !

Il savait qu'il s'agissait de l'une des merveilles du monde, il avait vu des photos et même une vidéo, il en avait rêvé.

Quand l'avion décolla, le soleil n'était pas encore levé, deux heures plus tard, ils étaient sur place. Toute la journée, ils furent éblouis par le spectacle que la nature leur offrait. Ils se sentirent tout petits dans ce monde gigantesque d'eau qui semblait vouloir les engloutir. De passerelle en passerelle, de kilomètre en kilomètre ils planaient dans un espace cosmique où il n'y avait ni haut ni bas, où tout semblait vouloir basculer et vous entraîner dans un tourbillon effrayant et sublime. Elle serrait la main de Jordi très fort comme si elle risquait de tomber dans le gouffre, il était seul à la protéger des forces effrayantes qui semblaient vouloir se jeter sur elle et l'emporter. A l'extrémité de l'une des passerelles du circuit bas, on changeait de saison, ici, le bruit assourdissant du mur liquide qui se fracassait sur les rochers, générant une brume épaisse, les isolait du monde et une pluie de fines gouttes cristallines mouilla rapidement leur visage. Les cheveux de Léa dégoulinaient maintenant de filets d'eau froide.

En l'embrassant, Jordi goûta l'eau de la rivière Iguazù. A ce moment, dans cet autre monde, elle l'aimait d'un amour cosmique. Dans le bruit de la chute, sur fond d'eau mousseuse, il la trouva belle, d'une beauté presque divine, s'il lui avait demandé « Veux-tu m'épouser ? » elle aurait dit « oui ».

Ils n'étaient pas seuls sur la passerelle, les autres couples, tout aussi mouillés, ressentaient-ils la même chose qu'eux ? Elle le souhaitait vraiment.

On se remet difficilement d'un tel voyage. Il leur fallu bien une autre heure et demi dans les airs pour revenir dans le monde réel.

Le soleil était déjà couché lorsque ils se posèrent à Buenos Aires.

Le lendemain, à la réception, Léa s'occupa de tout, factures séparées et détaillées, payées par des cartes de crédit différentes, tout était en règle comme elle le souhaitait.

Jordi était fier d'appartenir à une entreprise qui savait reconnaître le mérite de ses employés et les traitait aussi bien. Il ne sut jamais que la maison-mère n'y était pour rien.

Léa lui avait offert ce voyage à Iguazù parce que cela faisait partie de sa liberté. Elle était une femme totalement libre avec un salaire suffisant pour pouvoir s'assumer pleinement. Offrir un tel cadeau à Jordi, qui ne se doutait de rien, sans en attendre aucun remerciement, la ramenait aux antipodes de tout ce qu'elle avait subi douze ans plus tôt. Cela effacerait le reste. C'est cela qu'elle trouvait très beau, il ne savait pas, il ne saurait jamais. S'il s'était seulement douté, jamais il n'aurait accepté de ne pas prendre sa part des frais, elle le savait.

Elle était devant un homme qui ne lui devait rien, c'était le plus beau des remerciements, c'était son amant, c'était son bonheur, il ne devait y avoir aucune trace d'argent entre eux.

Au retour, ils se séparèrent à l'aéroport de Madrid, ils n'avaient que peu de temps pour changer d'avion. Ils échangèrent les mots classiques : « On s'appelle en arrivant. » « Oui, on s'appelle. » Mais ils savaient tous les deux, qu'un jour, prochain peut-être, ils ne s'appelleraient que professionnellement, lorsqu'il aurait trouvé la Barcelonaise idéale et Léa de son côté n'était pas toujours insensible à certaines tentatives d'approche, de plus en plus fréquentes qu'elle tenait cependant à distance.

Chacun des deux, dans son avion, éprouvait comme une nostalgie diffuse de quelque chose de sublime, mais le hasard de la vie ne permettrait sans doute pas qu'elle puisse durer indéfiniment. Ils ne savaient pas ce qu'ils voulaient vraiment, c'était le point faible de leur liaison.

Quand l'avion se posa à Satolas, elle redevint Madame la Directrice du Service International mais, derrière ce titre imposant, il y avait une femme légèrement déstabilisée. Elle semblait se poser la question : « Qu'est-ce que j'ai fait pour moi durant ces dix années ? » Ce n'était pas la première fois qu'elle avait un coup de blues, mais cette fois-ci, il semblait vouloir durer plus longtemps que les fois précédentes.

C'est dans cet état d'esprit qu'elle reprit son travail le lendemain matin, comme si rien ne s'était passé, comme si elle avait voyagé seule, mais elle dut attendre l'après-midi pour être vraiment efficace.

L'après-midi, elle demanda à Amélie d'appeler Guillaume, elle voulait un rapport sur sa mission à Barcelone.

- La directrice voudrait vous voir, entendit-il.

Il n'avait pas classé en pertes et profits, la déception qu'il avait éprouvée à Barcelone, il vivait constamment tiraillé entre la haine de ceux qui approchaient Léa et l'espoir de la reconquérir un jour, chaque mot non agressif venant d'elle lui apparaissait comme un fugitif raccommodement, comme un signe qu'il fallait saisir au vol avant qu'il ne disparaisse. Ce fut le cas pour l'expression : « voudrait vous voir ».

Amélie aurait pu dire : « La directrice veut vous voir. » Cette simple nuance lui donnait de l'espoir, ce n'était pas, à ses yeux, un commandement, mais un souhait. Léa allait lui demander quelque chose, à lui, pour la première fois. Plus question de montrer la moindre réticence vis-à-vis de l'équipe de Barcelone, tout avait été parfait, lui dirait-il, des gens charmants et efficaces, ces Catalans.

Le dénommé Jordi était provisoirement laissé de côté, ce n'était pas le moment de demander si le voyage en Argentine avait été fructueux, cela ne le concernait pas, il n'était même pas censé savoir où elle était allée. Elle risquait de mal interpréter son indiscrétion.

Quand il entra dans le bureau de Léa, il la trouva assise devant sa table en verre chargée de dossiers. Elle portait un pull en Cachemire mauve, une jupe gris anthracite et des escarpins assortis au pull. Elle avait croisé les jambes et balançait tout doucement sa chaussure dont le talon effilé, tout comme un fleuret, semblait le provoquer en duel. Il avait l'œil enflammé, tout frémissant de désir. Tout semblait vouloir se présenter selon ses souhaits.

Le début de leur entretien se passa le mieux possible. Il fit tout son rapport dans le calme et la précision qui s'imposaient. Sans toutefois lui faire des compliments, Léa n'eut à son égard aucune phrase sèche ou autoritaire de sorte qu'il pensa que le moment était peut-être venu d'orienter la suite de la conversation vers un sujet plus personnel, mais il hésita, était-ce vraiment le moment tant attendu ?

Il y eut un silence de quelques secondes, la première phrase ne venait pas. Il ne savait plus quoi faire de ses mains, de ses yeux, de toute sa personne. Il allait la tutoyer, il se reprit.

- Vous vouliez me dire autre chose ?

- Oui, je voulais vous dire... concernant ce qui s'est passé il y a dix ans...

Léa, encore sous le coup de la fatigue de son voyage en Argentine, subissant toujours l'effet du décalage horaire, préféra le laisser continuer sans l'interrompre, mais elle comprit que ce qu'il voulait dire n'avait rien à voir avec son travail. Elle fit pivoter un peu sa chaise et le regarda.

-Je vous ai cherché partout, votre téléphone ne répondait pas. J'aurais voulu qu'on se parle, qu'on se revoie dans un autre contexte, qu'on s'explique, qu'on établisse une nouvelle liaison, durable cette fois, sur d'autres bases, j'étais attiré par vous, on s'entendait bien.

Il y eut un très court silence, il préparait la phrase qui devait tout faire basculer. Il osa.

- Je ne t'ai jamais humiliée.

- Ne me tutoyez pas ! Nous n'avons aucune intimité. Vous avez acheté Laura, mais je ne suis pas Laura, je ne l'ai jamais été. Cette fille n'était que le moyen de survivre et de payer mes études. Pour vous, ce n'a pas été cher payé, vous en avez eu pour votre argent avec elle, mais ne dites pas qu'on s'entendait bien, vous n'avez jamais considéré Laura que comme un objet docile, un objet asservi, quand elle était en votre pouvoir. Elle n'a jamais été votre égale, une femme que l'on aime.

Léa avait repris toute son énergie, la fatigue du voyage avait disparu, il n'y avait plus de décalage horaire, la colère lui prêta des forces, elle était en face de son prédateur.

Elle se souvenait du jour où il lui avait demandé de façon indirecte de le vouvoyer pour qu'elle comprenne bien où était la hiérarchie. La roue tournait maintenant dans l'autre sens.

- Dites-moi, monsieur Bonnet, durant ces dix dernières années, combien d'étudiantes avez-vous achetées ?

Cela ne pouvait pas se passer plus mal, il était anéanti, décomposé.

Il ne répondit pas, il était devenu blême. Il ne risquait pas d'avancer un chiffre, il n'en avait aucune idée. Depuis la fin de son aventure avec Laura, il ne comptabilisait plus leurs sms sur son portable.

Ce n'était donc pas la bonne journée ni le bon moment. Quelle idée avait-il eue de se mettre à découvert, d'avancer tous ses pions en même temps ? Il y avait là une faute stratégique, lui, qui savait normalement si bien s'y prendre. Mais dans le cas de Léa, c'était différent, elle était l'une de ces femmes qui font perdre la tête à ceux qui les rencontrent. Aucune des méthodes classiques de séduction, vieilles comme le monde et dix mille fois appliquées avec succès, ne convenait. De plus, il y avait l'argent qui gâchait tout. Il aurait tant voulu que tout cela fut gratuit, mais il avait payé, c'était ça qui bloquait, il avait payé. Pourquoi faisait-elle tant d'histoires pour de l'argent , qui lui apparaissait comme quelque chose d'obscène ? Pourtant, depuis si longtemps, elle aurait pu faire un petit effort, considérer cela comme des petits cadeaux, pour lui faire plaisir, comme font tous les amants. Mais non, elle ne voyait que des billets de banque, froids et abjects. Tout était à remettre à plat, à repenser, ou alors à s'avouer vaincu et abandonner.

Tout à coup, son téléphone sonna, par mégarde le haut-parleur était activé :

« Guillaume, écoute, pour ce soir ce n'est pas... »

Il parut très contrarié, l'appareil lui avait glissé des doigts et il n'avait pas pu empêcher la diffusion du début du message.

Léa avait compris. Avec un sourire détaché et ironique qu'il pouvait interpréter comme un geste de détente, mais qui cachait bien autre chose, elle demanda :

- C'est votre nouvelle copine qui n'est pas libre ce soir ?

Cette phrase paradoxalement lui redonna de l'aplomb, il rebondit sans hésiter. Les hommes qui ne croient plus en rien rebondissent facilement.

- C'était ma femme.

De toute façon, elle n'allait pas vérifier, mais rien ne prouvait qu'elle était dupe, l'essentiel était d'avoir pu répliquer avec aplomb.

*

Une fois dans le couloir désert qui le ramenait à son bureau, il ne put s'empêcher d'expulser tout haut ce qui lui brûlait la gorge : « cette femme respire le feu, il faut que je l'aie, quel qu'en soit le prix, il faut que je l'aie. »

En rentrant chez lui, ce soir-là, il était d'humeur exécrable, d'abord son rendez-vous manqué, puis sa confrontation avec Léa, deux échecs dans la même journée, c'était beaucoup trop, il devait s'agiter, râler, pour évacuer le trop plein d'amertume. Il ne s'en prenait jamais à sa femme, il la considérait comme sa seule consolatrice quand tout allait de travers. Elle était, ce que l'on pourrait appeler une bobonne. Comme elle n'était au courant de rien, elle le consolait de tout.

- C'est la nouvelle patronne, lui dit-il. Elle est épouvantable, elle n'aime pas les hommes, elle a quelque chose contre eux, elle nous mène la vie impossible. Je ne sais pas comment ça finira.
- Tu crois qu'elle préfère les femmes ?
- C'est possible, cela ne m'étonnerait pas. Elle est très attentionnée avec sa secrétaire, et très souriante envers toutes les autres.

Il était en train de fabriquer une Léa virtuelle, issue de son imagination, dont le comportement était censé expliquer toutes les fins de non-recevoir auxquelles il était confronté chaque fois qu'il avançait une nouvelle tentative de séduction. Mais il savait parfaitement que tout cela n'était pas la vérité, et pour la première fois, il se sentit désarmé devant une femme qui se jouait de lui. Cependant, il ne pouvait pas renoncer à un combat qu'il refusait de considérer comme perdu d'avance, parce qu'il était mordu par une passion irrésistible, et, il se souvenait, maintenant, d'une partie mémorable d'échecs gagnée contre toute logique lorsque son adversaire, bien plus fort que lui, avait commis une faute d'inattention qui lui avait été fatale.

Tôt ou tard, elle ferait un faux pas, elles font toutes un faux pas, il suffisait d'attendre, il en était absolument persuadé.

Il n'abandonna pas l'idée de suggérer tout autour de lui, lorsque l'occasion se présenterait, que la directrice n'aimait pas du tout les hommes, cela en refroidirait certains qui, d'après lui, il l'avait très bien remarqué, et très mal pris, la regardaient de trop près. En somme, il envisageait de faire le vide autour d'elle d'une façon ou d'une autre, mais un vide très particulier dans lequel il pourrait s'engouffrer le moment venu.

Ils étaient tous à la cantine, en milieu de semaine. On en vint à parler de théâtre, certains y allaient souvent, deux d'entre eux étaient même abonnés, quand soudain quelqu'un lança :

- Tiens, j'ai vu notre directrice à l'Opéra hier soir. Elle était superbe dans un smoking noir qui la mettait en valeur. On y jouait la Rodelinda de Haendel. J'ignorais qu'elle aimait aussi la musique baroque. Puis après une courte pause, il ajouta d'un ton faussement blasé :

- Il y a tellement de choses que nous ignorons.

Guillaume tendit aussitôt l'oreille. Il détestait entendre la moindre remarque sur le charme de Léa. Qu'on la trouve appétissante, il ne pouvait pas l'empêcher, mais qu'on le dise à haute voix devant tout le monde, c'était insupportable. Rien de ce qui concernait Léa ne le laissait indifférent comme s'il eût été le seul comptable de ses faits et gestes. Il jeta un regard froid à son collègue, mais il avait besoin d'en savoir davantage, alors, d'une voix monocorde et prenant une attitude faussement désintéressée, il demanda :

- Elle était seule ? Elle t'a parlé ?

- Non, elle était avec une autre femme, une belle blonde, elle ne m'a pas vu.

Guillaume ne posa pas d'autres questions, il savait qu'il n'en tirerait rien de plus, d'autant que la blondeur de l'autre ne l'intéressait pas. Cette femme avec qui Léa sortait n'était donc pas Émilie, comme il l'eût souhaité, cela eût été tellement plus simple, cette inconnue ne facilitait pas sa tentative de dénigrement, mais cela le conforta dans l'idée que la chose imaginée n'était pas impossible. Si c'était le cas, Émilie savait. Ces choses-là se sentent. Elle ne pouvait pas ne pas être au courant. Il décida de se mettre en bons termes avec elle, alors que jusqu'à ce jour il avait tout fait pour paraître indifférent à toutes les autres femmes de l'entreprise et surtout à celles qui approchaient de près la directrice.

Émilie remarqua très rapidement les tentatives d'approche, elles ont toutes un petit air de famille et les femmes n'ayant pas été élevées dans un couvent ne s'y trompent pas. Elle ne trouva pas désagréable le changement d'attitude de Guillaume à son égard, c'était flatteur, bien que décidée à ne pas dépasser la limite de la simple courtoisie, elle n'en avait rien à faire de Guillaume.

- Il est de plus en plus aimable, il a dû s'engueuler avec sa femme, fit-elle remarquer, en souriant, un jour à Léa. Elle partait toujours du principe que quand un homme marié devient trop aimable avec une autre femme, c'est qu'il s'est engueulé avec la sienne. Mais ce n'était qu'une hypothèse, qu'une explication plausible, qu'elle n'avait jamais pu réellement vérifier.

L'attitude de Guillaume ne surprit pas Léa. Cependant cela la mit mal à l'aise. Si jamais il faisait la moindre confidence à Émilie, comment faudrait-il réagir ? Faisait-il cela pour provoquer en elle une pointe de jalousie, en lui préférant sa secrétaire ? Possible, c'est aussi une façon de faire assez classique. Mais dans le cas présent, les chances de succès paraissaient minimes pour ne pas dire nulles. Non, c'était plutôt une façon détournée d'approcher Léa puisque la méthode directe se heurtait chaque fois à une muraille sur laquelle il rebondissait toujours à ses dépens.

En effet, il ne tarissait pas d'éloges envers la directrice. Elle en avait de la chance, Émilie, de travailler et d'avoir la confiance d'une telle directrice. Vous êtes sa collaboratrice la plus proche, j'ai l'impression qu'elle vous aime bien, lui disait-il, en espérant que tout cela lui serait répété et que, tôt ou tard, il en tirerait bénéfice.

Au début, Émilie pensa qu'il la draguait, elle voyait cela d'un œil amusé, mais au fur et à mesure que les louanges sur Léa s'accumulaient, elle se demandait où il voulait en venir et, n'étant au courant de rien de ce qui se tramait dans la tête de Guillaume, elle imagina qu'elle n'était que très indirectement concernée, et qu'il cherchait une promotion. Il souhaitait, sans doute, qu'elle évoque auprès de la directrice tout le bien qu'il disait d'elle, afin de se faire remarquer, et si une opportunité se présentait, alors, plutôt lui qu'un autre. En somme, il fayotait par personne interposée.

Émilie n'apprécia pas de servir de courroie de transmission et en parla à Léa.

- Je ne sais pas exactement ce qu'il cherche, il a une idée derrière la tête.

Léa se sentit rassurée, il ne dirait rien, il espérait encore arriver à ses fins. Elle se contenta de répondre à Émilie :

- Chacun essaie de se promouvoir selon ses moyens, mais toutes les tentatives ne sont pas efficaces. D'ailleurs, il ne tardera pas à s'en rendre compte lui-même.

Émilie n'insista pas.

Guillaume en conclut en effet que les méthodes douces ne fonctionnaient pas avec Léa. Il revint à la charge avec l'idée première qu'elle préférait les femmes.

Après quelques autres tentatives, il dut encore se rendre à l'évidence : cela ne marchait pas non plus. Il n'obtint, auprès de ses collègues, que des silences dubitatifs, parfois des hochements de tête incrédules et même une fois un haussement d'épaules. Non seulement il n'était pas crédible, mais il risquait aussi d'être ridicule.

Avant que la rumeur lancée ne prenne trop d'ampleur et ne vienne aux oreilles de Léa, il jugea prudent de ne plus insister sur cette hypothèse tordue qu'il avait lancée. La semaine s'écoula sans aucune vague, mais il était trop tard, il avait trop parlé, trop vite, trop pressé d'aboutir. Rien n'est jamais secret dans une entreprise. Elle avait su.

*

Léa alla rejoindre Sandra à Genève pour le week-end. « Deux jours sans mecs », lui disait Sandra, toutes les fois, comme s'ils eussent été pour elle un fardeau, mais Léa savait qu'il n'en était rien et qu'ils contribuaient largement à la stabilité mentale et physique de son amie. Ce qui aurait vraiment déprimé Sandra, c'est de ne pas sentir autour d'elle un homme à qui elle faisait envie.

Il faisait très beau le dimanche et, pour bien profiter du soleil de septembre, elles passaient l'après-midi sur la pelouse du parc de la Perle du lac devant la belle villa Bartholoni. A quelques mètres de l'eau du lac Léman, elles avaient devant elles, comme le fond d'un décor de théâtre, les sommets déjà enneigés des Alpes qui se réfléchissaient à la surface du lac comme dans un miroir. Sandra avait constamment dans sa voiture une couverture qu'elle étendit sur le gazon très soigneusement tondu. Prévoyante, comme toujours, elle avait dans son sac, de quoi boire et deux ou trois paquets de petits gâteaux qu'elles allaient grignoter tout en bavardant. Elle n'aimait pas parler longtemps sans reprendre des forces et, à force d'insister, elle commençait à être rondelette. Ce n'était pas la première fois qu'elles venaient sur cette pelouse, c'est sur l'herbe tendre qu'elles échangeaient les idées les plus folles et peut-être aussi les plus raisonnables.

Elles n'étaient d'ailleurs pas seules, loin de là, des dizaines de personnes avaient eu la même idée. Certains y passaient la journée, autour d'un barbecue portable posé à même le sol, où grillaient quelques côtelettes d'agneau. L'atmosphère était toute à la décontraction.

Léa la mit au courant des dernières tentatives de Guillaume.

Sandra aimait la provocation, l'occasion était belle de faire sursauter son amie, elle ne s'en priva pas.

- Tu te souviens qu'on a couché ensemble quand on était étudiantes !

- J'ai dormi dans ton lit, une fois, parce que j'étais trop soûle pour rentrer chez moi. Ce n'est pas la même chose !

- Qui sait ? On était tellement soûles, toutes les deux, personne ne saura jamais si on a dormi ou pas !

Elle n'insista pas, la plaisanterie était terminée, Léa ne les aimait que si elles étaient extrêmement courtes. Sandra savait s'arrêter à temps.

- A propos de ton prédateur, il est passé du rôle de solliciteur éconduit à celui d'entreprenant dérivant.

Sandra aimait cette expression, elle l'employait souvent à propos de quelqu'un dont elle voulait se débarrasser s'il dépassait les bornes qu'elle lui avait fixées.

- Il commence à perdre la boule, ton type, il faut profiter du bon moment, il faut l'affoler, lui faire entrevoir une issue qui ne mène nulle part, ou plutôt qui mène dans le vide. Surtout, ne lui fais aucun reproche, fais-lui plutôt les yeux doux, au contraire, jusqu'à la porte qui le jettera dans le fossé.

Ah ! Si j'étais à ta place, comme je me régalerais !

Elle dit cela d'un air si faussement candide et si convaincant que Léa ne put s'empêcher d'éclater de rire. Elle ne s'attendait pas à un tel zèle de la part de son amie dont la jouissance, trop expressive, débordait largement la surface de la couverture sur laquelle elles étaient assises.

- Si tu veux, je te le présente !

- Surtout pas ! Je n'aurais pas le temps de m'en occuper. Puisque tu joues au toréro, je te laisse la bête.

Léa se sentit un peu à l'étroit dans un habit de lumière, elle n'était pas disposée à faire les yeux doux à Guillaume, mais l'idée de Sandra, une fois façonnée et adaptée à la situation, pouvait être intéressante.

11

Léa était à son bureau, elle mettait une dernière main à son contrat avec les Italiens. Elle irait à Turin dans deux semaines, une heure ou deux de discussion sur place suffiraient pour tout conclure, elle pourrait faire l'aller-retour dans la même journée. Vers dix-sept heures, elle jugea qu'elle en avait assez fait, referma le dossier et sortit.

Dans le couloir, Guillaume la vit passer d'un pas décidé. Où allait-elle donc si tôt, d'un air si pressé ? Il ne put pas s'empêcher de penser à un homme, un homme abstrait, un homme qu'il ne connaissait pas, mais qu'il imaginait sous différents visages, grand, moyen, peu importait, c'était un homme et il ne voulait pas, cela lui était insupportable, une fois de plus. Elle était à lui, ils ne le savaient donc pas tous, depuis le temps ? Son visage était devenu grave et renfrogné. L'ombre de sa jalousie planait de nouveau sur tout ce qui pouvait ressembler à un homme, même inconnu. « Qu'a-t-il de plus que moi ? rumina-t-il.

Déjà il n'entendait plus les pas, Léa arrivait dans la rue. Elle passa chez Armani et acheta un pantalon rouge en cady de soie mélangée, qu'elle avait déjà repéré. Il irait très bien avec sa veste courte noire à rayures mauves ou son pull en jersey, elle ne savait pas encore, ainsi que des escarpins noirs en cuir et daim du meilleur effet. Elle aurait le pantalon à la fin de la semaine, les retouches étaient très simples.

Elle pensa alors à la remarque de Sandra : « Tu devrais mettre sur toi, ne serait-ce qu'une toute petite chose... »

Elle constata que ce genre de petites choses ne sont pas données, mais la vie s'écoule malgré nous et l'argent déposé à la banque, s'il garantit peut-être l'avenir, ne procure aucun plaisir immédiat.

*

Elle n'était pas revenue à Turin depuis l'époque noire de la servitude, mais aujourd'hui, treize ans plus tard, Turin n'était pas une ville, c'était le nom d'un aéroport, le nom d'une avenue, une adresse de bureau cossu et rien d'autre. Il fallait persuader, signer, faire signer et repartir. Elle reviendrait un jour prochain, c'était promis, sans aucun dossier volumineux, sans stylo pour signer, rien que pour le plaisir d'aller au Regio, au Carignano, au Musée du cinéma, partout, partout, partout. Viendrait-elle seule ? Non, pas seule, cela n'aurait pas de sens. Elle avait bien quelques idées, mais tout cela était encore bien flou, bien incertain. Comment réagirait-il, celui qu'elle n'avait pas encore choisi, celui qu'elle ne connaissait peut-être pas encore, en passant devant ces lieux chargés d'art et d'histoire dont elle lui cacherait pour toujours le côté traumatisant resté dans son cœur ? Et, lorsqu'elle le mènerait, d'une démarche assurée le long des avenues aux noms évocateurs, lui dirait-elle qu'elle était déjà passé par là, autrefois ? Aujourd'hui ce n'était vraiment pas le moment de penser à ça.

Lorsque qu'elle entra dans la salle de réunion placée, comme il se doit, dans les étages supérieurs de l'immeuble, tous se levèrent pour la saluer et lui serrer la main. Elle était encore à trois mètres du plus proche d'entre eux que certains savaient déjà d'où venaient les escarpins. Parmi les décideurs, quelques-uns, les moins blasés, ont encore une corde sensible, il suffit de la trouver, ce sont eux qui feront pencher la balance. Elle ne parlait pas italien mais le français est la seconde langue maternelle des Turinois cultivés. Il eût été vraiment dommage de parler anglais dans l'ancienne capitale de l'Italie.

La rapidité des discussions, comme s'il ne manquait plus que l'étincelle pour refermer le dossier, lui montra que Sandra avait peut-être raison. La petite chose avait-elle accéléré la conclusion ? Certainement. Il ne restait plus qu'à fêter l'accord.

Le déjeuner eut lieu au restaurant « Del Cambio », le restaurant des têtes couronnées, des grands de ce monde et de ceux qui ne payent pas toujours l'addition eux-mêmes.

L'ambiance fut très cordiale. Les grands décideurs sont toujours très souriants lorsque ils viennent de conclure un contrat qui enrichit leur société.

Léa apprit ainsi, entre deux plats, que dans cette même salle, deux siècles plus tôt, Mozart avait déjeuné, qu'à la table qu'elle occupait, Puccini, un demi siècle plus tôt, habitué du lieu lui-aussi, avait peut-être dégusté son plat préféré en pensant à Turandot et que la chaise qu'elle occupait était, quelques années auparavant, celle de Maria Callas. Il y avait aussi Cavour, bien sûr, mais qu'importait Cavour pour Léa ?

Alors, tout en dégustant son café, dans cet univers si feutré, entourée d'hommes attentionnés, elle se souvint de ce pain au chocolat qui lui avait tenu lieu de déjeuner, treize ans plus tôt, presque au même endroit, le jour où Guillaume lui avait dit d'un ton autoritaire : « Tu trouveras à manger au centre-ville ».

Un relent de vengeance la traversa de part en part. Sans vraiment le vouloir, elle entendit les paroles qu'elle prononçait en silence : « Il faut que tu payes pour ça aussi. »

Léa subissait, depuis le retour de Guillaume, le combat persistant du corps et de la raison. Dès qu'une période de calme dépassait quelques semaines, un événement imprévu venait relancer son désir de vengeance, désir qui ne l'avait jamais vraiment quittée, elle ne pardonnait pas, mais aurait voulu tout oublier. C'était peine perdue, elle ne contrôlait absolument pas la pulsion dont elle était périodiquement tenaillée. Elle l'avait enfouie bien trop profondément pour qu'elle puisse l'extirper facilement.

Léa quitta Turin aussitôt après le déjeuner, sans flâner, sans rien voir. Elle était venue en tant que Directrice chargée d'une mission ; le fait accompli, la Directrice devait repartir sans s'attarder, l'heure tournait, il était temps de rentrer.

*

Dès le lendemain, Léa réunit son groupe de travail pour leur annoncer le résultat de son voyage. Il y aurait, comme prévu, des compléments à ajouter au contrat et des imprimés à diffuser. C'est avec une certaine malice qu'elle chargea Guillaume d'en préparer la rédaction. Quand tout sera prêt, lui dit-elle, il irait lui-même les porter dans quelques semaines aux partenaires italiens. D'ailleurs, elle n'avait jamais douté de sa compétence, ce qui ne l'empêchait pas d'éprouver un plaisir animal en remuant le fer dans la plaie.

Elle l'enverrait à Turin avec un ordre, le seul fait d'y penser lui procurait un plaisir sans doute malsain mais si agréable.

Ils étaient maintenant tous les deux seuls dans le bureau de Léa. A l'affût du moindre geste qu'il pouvait interpréter en sa faveur, il vit là plus qu'une marque de confiance, comme les prémices d'une proposition de réconciliation, du moins il l'interpréta ainsi. Il ne fallait pas laisser passer l'occasion. Le passé ne pouvait que les rapprocher. Ce fut plus fort que lui, il ne put se contenir.

- Il y a longtemps que je ne suis pas allé à Turin, la dernière fois, c'était avec vous.

Il aurait voulu dire « c'était avec toi » mais un réflexe de prudence le retint à la dernière seconde. Les prémices supposées suffisaient-elles pour qu'il prenne un tel risque ? Il préféra attendre un autre petit signe d'encouragement. Il avait eu tellement de déconvenues.

Elle posa sur lui un regard possesseur profitant de cette pointe de nostalgie qui semblait transpirer de la phrase de Guillaume. Allait-il se faire tout petit ? Se mettre à genoux, la supplier ? Elle éprouva une jouissance interne qu'elle eut du mal à cacher.

- Avec moi ? Ce n'était pas plutôt avec Laura ? Vous pourrez y aller par le train et rentrer le lendemain si ça vous arrange. Au fait, avez-vous des nouvelles de Laura ? Comment va-t-elle ?

Le bourreau faisait du zèle pour son propre plaisir. Les mots étaient sortis tout seuls, sans le moindre contrôle. Elle prononça ces phrases avec un calme

et un détachement qui l'étonna elle-même, comme s'il s'agissait d'une inconnue dont elle aurait seulement entendu parler. Cependant, chaque mot avait son poids et chacune des phrases, malgré l'indifférence qu'elles semblaient exprimer, était comme un carreau d'arbalète pointée vers lui.
Ce fut comme un énorme éclair, comme un coup de tonnerre, qui le foudroya. Guillaume devait répondre, il ne pouvait pas rester pétrifié, mais aucun mot ne sortait de sa bouche. Alors, incapable de se contrôler, dans un effort incommensurable, il joua sa pièce maîtresse, celle qu'il gardait depuis des mois pour le jour où elle l'aiderait à tout faire basculer.

- Tu ne penses pas que, depuis si longtemps, tu pourrais cesser de me détester ? Dis-moi, que dois-je faire ?

Mais quand le bourreau tient la hache, aucune supplique ne peut plus arrêter son bras.
Cela ne fit qu'exalter le ressentiment de Léa, toute allusion à Laura faisait resurgir immanquablement son agressivité.
Elle lui envoya un regard aigu qui le transperça et d'une voix vinaigrée elle ajouta aussitôt :

- Un mot de plus là-dessus et tu te retrouves au rez-de-chaussée. C'est clair ?

Enfin, elle l'avait tutoyé, n'était-ce pas ce qu'il souhaitait depuis longtemps ? Certainement pas ainsi, le ton méprisant dont elle avait usé l'avait paralysé.

Il y eut un silence effrayant très court, mais qui dura un temps infini.

Bien qu'aucune crispation ne fût visible sur le visage blême de Guillaume, il avait parfaitement enregistré l'avertissement. Il ne recommencerait pas. Il se leva lentement, comme sonné, ouvrit le plus doucement possible la porte du bureau de Léa, sortit sans rompre le silence, referma aussi doucement la porte et retourna à son bureau. Il n'y avait personne dans le couloir, aucun témoin ne put remarquer son allure de vaincu.

*

Le lundi suivant Léa déjeuna à la cantine. Une rumeur de restructuration du groupe circulait de façon diffuse depuis plusieurs jours à tous les étages du bâtiment. Quelqu'un à la table en profita pour lui poser la question.

- Êtes-vous au courant de cette rumeur qui court ? Pouvez-vous nous en dire davantage ?

- Je suis au courant d'une rumeur qui court, mais, si cela devait se passer mal, j'en serais la dernière avertie, généralement, c'est ainsi que cela se passe. Ces choses-là arrivent de tellement haut, pour ne pas dire de tellement loin, que l'orage survient avant qu'on ait eu le temps d'ouvrir son parapluie.

En réalité, Léa avait déjà connu d'autres rumeurs qui s'étaient évaporées sans que l'on sache quelle en était l'origine et elle avait fini par ne plus y prêter attention. Était-ce plus sérieux cette fois-ci ?

Un germe d'inquiétude commença à proliférer dans la tête des cadres qui composaient la table. Si même la Directrice Générale ne faisait pas preuve d'optimisme, ce n'était pas bon signe. Il fallait attendre, on ne pouvait rien faire d'autre.

Guillaume, absent ce jour-là, fut averti par ses collègues à son retour. Le sort que l'avenir lui réservait éventuellement sembla l'intéresser moins que celui de la directrice. Si elle perdait sa place, la hiérarchie disparaîtrait tout aussitôt. Elle ne pourrait plus le regarder de haut, finies les humiliations qu'elle lui faisait subir, ils deviendraient alors compagnons d'infortune. Il rebondirait, finie cette Léa arrogante, elle aurait sûrement besoin de lui, il la consolerait, elle serait à lui, il retrouverait sa douce Laura, il rajeunirait de douze ans.

Cela l'émoustilla au point d'y croire vraiment. Il vit là comme une porte qui s'ouvrait dans la nuit éclairant un hôtel de charme où il amènerait Laura comme autrefois. Il imagina tout, comme il l'avait fait des dizaines de fois. Il souhaita que l'entreprise ferme, qu'elle disparaisse, que tout brûle, que tout parte en fumée, qu'il y ait des licenciements secs, peut-être pas pour tous, car il était humain et plaignait les petites gens pour se donner bonne conscience, mais pour Léa surtout, et pour tous ceux qui lui tournaient autour. Ah, ça leur apprendrait à tenter de séduire la Directrice, sa Laura. Elle était à lui, ils ne savaient pas qu'elle s'appelait Laura, il ne pouvait pas le leur dire, sans tout dévoiler, ils n'auraient pas compris, ils ne l'auraient pas cru. Ils l'auraient pris pour un sinistre personnage.

Maintenant, il les détestait tous, d'une haine violente, simplement parce qu'ils étaient là, comme s'ils étaient responsables de sa déconvenue. Il fallait qu'ils disparaissent, il n'y avait pas d'autre solution. Il ne voyait plus que cette issue puisque tout le reste avait échoué. Il avait eu raison de persévérer, le hasard, maintenant s'était aperçu de l'injustice qu'il subissait et allait le récompenser de sa patience. Il

180

suffisait de l'aider un peu. Mais comment faire partir en fumée une entreprise internationale ? Ce n'était pas une usine bourrée d'explosifs où une simple allumette aurait réglé le problème ; non ; ici il n'y avait rien à brûler tout était dans la tête des gens, il fallait donc ruser, trouver une mort lente mais certaine.

Le fanatisme de la passion pesait de plus en plus lourd sur son comportement. Dans le dérangement mental qui commençait à envahir son cerveau, il se demanda comment il pourrait aider à accélérer le processus. Il devait en prendre les devants, il en serait, en sous-main, le maître d'œuvre.

*

C'est alors, que le hasard qui, douze ans plus tôt, lui avait fait connaître Laura et avait enflammé un esprit aussi peu combustible, décida, après un si long silence, de jouer avec Guillaume, une nouvelle partie d'échecs. S'il gagnait, il pourrait, en s'y prenant bien, retrouver Laura mais s'il ne gagnait pas, il perdait tout et se perdait lui-même, car le hasard, lorsque il provoque un cataclysme, s'en retire presque aussitôt après et laisse les choses aller à vau-l'eau en les regardant de loin.

Le risque était grand, mais Guillaume n'hésita pas. Il pesa « le pour », mais un raidissement de sa volonté l'empêcha de peser « le contre » et avec l'atout dont il disposait, il ne pouvait pas perdre. Cet atout que le hasard lui offrait, c'était Sébastien, son copain de la fac. Cela faisait bientôt un an qu'ils ne s'étaient pas rencontrés. Il ne l'avait pas totalement oublié, mais il était loin de penser qu'un jour

Sébastien pourrait l'aider en quoi que ce soit, même très indirectement.

Guillaume sut, car dans ces milieux de la finance, les secrets sont difficiles à garder, que lors du contrat qu'il avait lui-même rédigé pour un colloque de médecine, la société dirigée par Sébastien avait également postulé et présenté une soumission, il s'en était fallu de peu qu'elle n'emporte le marché. D'où l'idée de renseigner désormais son ami sur les futurs contrats pour qu'il puisse miser légèrement plus bas et emporter la mise chaque fois que la concurrence se présenterait.

Il le contacta, revigora leur ancienne amitié, lui fit part de sa compassion à propos de l'injustice que le monde inhumain des affaires lui avait fait subir, et proposa de l'aider. Il s'en suivit un long discours dans lequel il exprima son dégoût sur les coups bas que son entreprise pratiquait pour arriver à ses fins et lui suggéra même la possibilité d'une association.

- A nous deux, on pourrait faire de grandes choses, lui dit-il à demi-mot en lui laissant entrevoir des projets qui n'existaient pas.

Sébastien n'était pas tombé de la dernière pluie, il soupçonna de suite qu'une telle aubaine n'était pas dépourvue d'arrière-pensées.

Mais pourquoi refuser ? Il suffisait d'être prudent et de rester dans les limites du raisonnable. Il ne posa aucune question sur les vraies raisons qui poussaient Guillaume à agir contre son entreprise, le dégoût des coups bas, peut-être, mais cela ne suffisait pas pour remuer le cœur d'un négociateur jusqu'au-boutiste qu'il connaissait depuis très longtemps et pour qui, seul le résultat comptait. Les raisons ne pouvaient être que très personnelles et, après tout, il n'était pas indispensable qu'il les connût. Pourquoi se mettre la tête à l'envers ? Il n'avait rien demandé.

Guillaume quitta son ami, fier de sa journée. Le départ venait d'être donné, le processus était en marche. Il n'avait plus qu'à attendre que la première occasion se présente.

La certitude que le temps jouait en sa faveur lui procura une certaine stabilité. Les quelques signes qui lui avaient échappé montrant l'aversion de surface, mal contenue, envers ses collègues avaient totalement disparu, mais il gardait au fond de lui la haine profonde, silencieuse et quotidiennement nourrie. Sans être devenu d'un calme bovin, il se contrôlait mieux que jamais, mais cet effort ne pouvait pas durer indéfiniment, il fallait que quelque chose se passe.

Les semaines qui suivirent furent éprouvantes pour Guillaume. Il y avait bien eu des contrats à mettre en concurrence, il avait même participé à la rédaction de certains d'entre eux, mais ils étaient beaucoup trop gros pour l'entreprise de Sébastien, il fallait attendre quelque chose de plus modeste, un contrat local à taille humaine en quelque sorte, et cela tardait à venir.

*

La date des élections municipales viendrait dans quelques mois. Le parti des Verts avait besoin d'un conseiller en communication ainsi que d'une agence spécialisée pour gérer sa campagne électorale et organiser ses meetings. Un appel d'offres fut lancé, ce n'était pas un très gros budget,

mais dans ce monde-là, rien ne doit jamais être laissé aux concurrents. L'entreprise de Léa se porta candidate et prépara une soumission, Guillaume participa au comité de rédaction.
Enfin, les lignes bougeaient. Il avertit Sébastien.
- N'envoie rien avant que je ne te donne des renseignements supplémentaires, lui dit-il.
Une fois la soumission chiffrée et envoyée, Guillaume appela Sébastien.
- Si tu proposes la même prestation pour un prix un peu inférieur, elle sera à toi.
Un mois après, Sébastien emporta le marché. L'entreprise de Léa ne donna aucune importance à cette déconvenue qui n'ébranla pas ses finances et l'affaire fut oubliée.
Guillaume venait de marquer un point, un tout petit point, certes, mais cela augmenta son aigreur et l'incita à continuer le jeu qu'il avait mis en place. Puisque l'essai était concluant, la méthode choisie était bien la bonne.
Le même mécanisme recommença quelques mois plus tard pour une prestation concernant une exposition. Cette fois encore, il réussit son coup. Son entreprise considéra comme un fait du hasard que le même concurrent l'emporte cette fois encore.
Mais Guillaume trouva qu'à la vitesse où les choses avançaient, tout le bénéfice en revenait à Sébastien et que Léa se portait toujours comme un charme. Il fallait accélérer le processus pour que les conséquences commencent à se faire sentir.
Il recommença en prenant des risques deux autres fois de suite, dont l'une avec succès, mais la coïncidence ne passa pas inaperçue, trois fois, c'était trop, il n'y a pas de hasard dans le monde

froid et calculateur de la finance, tout échec a ses raisons qu'il faut mettre au jour et neutraliser.

Il y eut une réunion de travail au dernier étage à laquelle Léa assista. Il devenait évident qu'il y avait une fuite, que le chiffrage des trois soumissions avait été divulgué, l'écart avec la proposition du concurrent était trop mince pour n'être qu'une coïncidence. Il fallait trouver d'où venait la fuite et dans quel but. Mais, à aucun moment, le nom du directeur de l'entreprise concurrente ne fut nommé, de telle sorte que Léa n'imagina pas une seconde que Guillaume puisse avoir un lien quelconque avec l'affaire.

Tout cela se fit dans le plus grand secret, rien ne filtra à l'extérieur de la salle de réunion. Bien que cela n'ait concerné jusqu'à ce jour que les contrats locaux et que la santé de l'entreprise ne s'en soit pas ressentie, on recommanda à Léa comme à tous les autres décideurs, de prendre ses précautions et de réduire au minimum les personnes participant à la rédaction des soumissions.

*

Depuis leur entrevue houleuse, Guillaume et Léa ne s'étaient plus adressé la parole, parce que sur le plan professionnel, l'occasion ne s'était pas présentée et que, d'autre part, il considérait qu'il était désormais inutile d'insister auprès de sa directrice. Le charme ne fonctionnait pas, l'humilité non plus, et il ne pouvait pas espérer faire crouler la maison par toutes ces piqûres insignifiantes qui commençaient à agacer les dirigeants sans que la trésorerie du groupe ne s'en ressente. Le jeu devenait très dangereux, tôt ou tard, il y aurait un faux pas qui le compromettrait, et il serait la seule victime de ses propres manigances. Il décida donc de ne plus contacter Sébastien. Ce dernier, malgré toute la satisfaction d'avoir emporté des marchés qui lui auraient normalement échappé, éprouva un vrai soulagement, car il sentait, lui-aussi, qu'il devenait complice d'un système frauduleux qui pouvait lui coûter cher. Il ne comprit jamais le fond de l'histoire et évita à l'avenir ce type de contrats.

Guillaume renonçait donc ainsi définitivement à l'anéantissement complet de tous ceux qui, autour de lui, fréquentaient Léa, et qu'il aurait tant aimer punir pour cela. Il décida de s'en prendre directement à elle. Il devait trouver le moyen de lui faire perdre sa place, de la réduire au néant, sans qu'elle soupçonne qui était l'instigateur de sa chute, et alors peut-être, sûrement même, elle deviendrait, dans le meilleur des cas, une petite employée subalterne, ce qu'elle n'aurait jamais dû cesser d'être à ses yeux. Il pourrait alors la récupérer et redevenir son amant.

Il devint de plus en plus irascible, un jour, il s'en prit sans raison à madame Lescaut pour un détail sans importance. Il avait perdu le repos, cela se voyait de plus en plus souvent, le matin, quand il arrivait. Rien ne semblait lui faire ni peine ni plaisir. Tous le croyaient malade, cela devait être grave puisqu'il refusait de se confier et éludait toute question concernant sa santé, lui qui, quelque temps auparavant, paraissait le plus combatif d'entre eux, et regardait ceux qui avaient parfois des problèmes avec une certaine condescendance.

Une seule chose occupait maintenant son esprit tourmenté : détruire Léa et récupérer les restes.

12

Depuis plusieurs mois, des pourparlers étaient en cours avec Londres qui organisait, cette année-là, les Jeux Olympiques d'été. Il s'agissait de négocier de très gros contrats concernant la retransmission des différentes épreuves aux chaînes de télévision des pays participants. Léa avait déjà effectué plusieurs voyages à Londres, car les chaînes françaises étaient, bien entendu, très intéressées puisque trois cent trente-deux athlètes français y participaient. Au fur et à mesure que les semaines passaient de plus en plus vite, les discussions devenaient de plus en plus âpres et les chiffrages étaient constamment rectifiés compte tenu de ce que l'on savait des autres concurrents potentiels. A l'horizon lointain, mais déjà très bien visible, apparaissait la date fatidique du dépôt des soumissions.

L'Espagne étant également partie prenante, Jordi intervenait aussi en accord avec la maison mère. De ce fait, Guillaume avait failli retourner à Barcelone, mais finalement le voyage avait été annulé, considéré comme non-indispensable. Jordi se débrouillerait bien tout seul. Il était cependant au courant de toutes les transactions et participait à la mise au point des différents contrats sans toutefois connaître le chiffrage final qui par précaution n'était pas divulgué à l'avance.

On s'était renseigné sur l'entreprise concurrente qui avait obtenu de justesse les contrats précédents. Compte tenu de sa petite taille, elle ne présentait pas un réel danger, cette fois-ci, car les prestations à fournir étaient très supérieures à ses possibilités, cependant la prudence était encore de mise, car une fuite éventuelle pouvait être dirigée vers un concurrent de taille identique et cette fois le préjudice financier ne serait pas négligeable.

Léa, uniquement préoccupée par les frais excessifs concernant les voyages de Guillaume, pensait avoir réglé totalement le problème en évitant de l'envoyer à l'étranger. A aucun moment ne lui vint à l'esprit qu'il pouvait avoir pris une part quelconque dans les ratés précédents.

La plus grosse prestation concernait la gestion de la cérémonie d'ouverture des Jeux. Léa se rendit à Londres pour se procurer le cahier des charges de la partie que son entreprise était en mesure d'assumer. Il ne devait pas y avoir beaucoup de concurrents aux reins suffisamment solides pour pouvoir oser postuler, trois ou quatre au maximum.

En se rendant à son hôtel, elle frôla la vitrine de Stella Mac Cartney. Il y avait là, entre autres, une veste courte en denim qui attira aussitôt son attention. Elle entra, l'essaya, elle était à sa taille, elle l'acheta. Pour les Jeux Olympiques cela ferait très bien. Il fallait une tenue jeune, sportive, décontractée tout en restant dans la haute couture.

Une réunion de présentation eut lieu dans le salon d'un grand hôtel, il y avait pas mal de monde, mais qui représentait quoi ? Impossible de le savoir, il fallait attendre que cela se décante, que les curieux disparaissent, qu'il ne reste en lice que ceux qui avaient une chance d'emporter le marché. Cela ne se ferait qu'au fil du temps. Elle aperçut bien deux ou trois têtes connues concurrentes, mais ne les aborda pas. Inutile de demander les intentions des uns et des autres, chacun restait sur la réserve, moins on se dévoilait, mieux cela valait. Elle ne remarqua pas un homme qui l'observait du fond de la salle comme s'il la connaissait. L'avait-il déjà vue ailleurs ? Il hésita un instant, crut à une simple ressemblance et s'en alla sans s'approcher. Et pourtant le doute subsistait dans sa tête. Pourquoi ne s'était-il pas avancé ? Il aurait dû.

*

De retour à son bureau, Léa étudia attentivement le cahier des charges, toutes les exigences entraient dans le domaine des compétences de son entreprise, et commença à préparer sa candidature.

La crainte d'une fuite qui aurait fait perdre le marché était devenue obsessionnelle chez le directeur général du groupe. A chaque réunion il répétait ses recommandations de vigilance. Qui, à l'intérieur du groupe, avait intérêt à informer les concurrents, et pourquoi ?

Léa lui demanda une entrevue seul-à-seule. Elle lui proposa d'envoyer au comité d'organisation une soumission à un prix nettement plus élevé que ce qui était raisonnablement chiffré et au dernier moment, juste avant la date limite d'envoi, de faire un avenant et d'abaisser substantiellement le prix pour se retrouver concurrentiel face aux autres prestataires. C'était risqué, le moindre contre-temps

pouvait tout faire échouer, elle en était bien consciente, elle mettait sa place sur la balance. Mais elle était persuadée que, si on agissait directement comme d'habitude, quelqu'un de l'intérieur avertirait un concurrent et l'affaire ne se ferait pas.
Le directeur général mesura le risque, c'était son métier. Il hésita, réfléchit, tourna autour de son bureau, s'appuya sur le dossier d'une chaise comme s'il avait eu besoin d'un soutien pour prendre une telle décision. C'était la première fois.

- On ne peut pas attendre, Monsieur, j'ai besoin de savoir. On ne peut consulter personne, le risque est beaucoup trop grand. La décision doit rester entre nous deux. Si vous acceptez, je porterai moi-même l'avenant à Londres.

La réponse ne vint pas immédiatement. Il la regarda bien en face pour lire dans son regard la détermination qui devrait le décider. Savait-elle exactement ce qu'elle faisait ? Mais on ne résistait pas au regard de Léa, il venait de s'en rendre compte une fois de plus.

- Comme vous venez de le dire, la décision doit rester entre nous deux. Si vous réussissez, tout le mérite sera pour vous seule, si vous échouez, je ne peux pas vous dire comment les choses vont tourner pour vous. On est bien d'accord ?

Léa acquiesça de la tête. Après un court silence, son patron ajouta :

- Si je vous donne l'autorisation , c'est parce que je sais que vous réussirez.

Elle n'en était pas aussi certaine mais ne dit rien.

Comme il était déjà loin le temps de la petite jeune.

Le projet fut préparé activement par toute l'équipe à laquelle participait Guillaume. Au fur et à mesure que les choses avançaient, les sommes retenues sur « les fourchettes hautes » s'accumulaient et en fin de compte, on arriva à un total qui paraissait énorme, mais compte tenu de l'importance des prestations offertes, cela ne choqua personne et la soumission fut validée. Il est vrai qu'aucun effort n'avait été fait pour tirer les prix vers le bas, mais les concurrents n'en faisaient-ils pas autant ?.

Léa qui ne renonçait pas à souffler le chaud et le froid sur Guillaume, le chargea l'aller à Londres faire enregistrer la proposition deux semaines avant la date limite. Il devrait partir le vendredi, pour le reste, c'était son affaire, pourvu qu'il soit présent le lundi matin.

Tout se passa le mieux du monde et Léa ne sut jamais ce qu'il avait fait pendant le week-end.

Dès qu'il déposa sa note de frais, elle la vérifia et à son grand étonnement elle n'y trouva aucun dépassement. Se méfiait-il ? Avait-il senti le risque encouru pour un gain aussi dérisoire, ou simplement devenait-il un peu plus sage ? Si c'était le cas, Léa fermerait les yeux sur les débordements du passé de Guillaume pour ne pas risquer d'y être mêlée et d'en être éclaboussée. Elle ne se doutait pas qu'il avait des projets autrement plus dévastateurs et que l'occasion venait de lui en être fournie.

A son retour de Londres, il fut courtois avec tout le monde et même aimable avec certains, comme si la raison de la très mauvaise humeur exprimée les semaines précédentes s'était dissipée et n'avait plus de raison d'être. Il salua même madame Lescaut lorsqu'il la croisa dans un couloir. C'est tout juste s'il ne s'excusa pas d'avoir été désagréable avec elle quelques temps auparavant.

    Trois jours avant la date de clôture, Léa fit un aller-retour à Londres et modifia la soumission. Cela se fit dans la plus stricte discrétion, elle n'en parla même pas à Émilie, en qui pourtant, elle avait toute confiance. Elle ne rencontra personne de connu, seul son patron était au courant du voyage. Dès son retour, elle passa au bureau le soir même et l'informa que tout était en règle, ce qui manifestement fut pour lui un grand soulagement. Ce n'était pas encore gagné, mais du moins le jeu était régulier. Il savait, car tout se sait dans ces milieux-là, que quatre autres groupes avaient présenté un dossier de candidature dont un anglais tout récemment formé. Serait-il favorisé, celui-là ?

*

    Le verdict de la commission des Jeux fut très favorable au groupe. Tout était prêt. Les deux soumissions proposées par Léa avaient été acceptées, sa société serait, en effet, chargée de la retransmission télévisée des principales épreuves sur les chaînes françaises et une partie de la cérémonie d'ouverture lui avait aussi été confiée. Cela n'avait pas été simple, mais à ce niveau-là ce n'est jamais simple. Sur les quatre prestataires initialement prévus, il n'en restait au final que deux, une société anglaise s'était retirée, ayant obtenu par ailleurs un autre marché plus intéressant pour elle.

    Sans toutefois le montrer, le plus étonné fut Guillaume. Comment les trois autres concurrents avaient-ils pu se montrer aussi stupides, alors qu'ils avaient tous les atouts en main pour l'emporter. Ils ne l'avaient pas cru, pas pris au sérieux, voilà pourquoi. Quelle incompétence, quel manque de clairvoyance, il n'aurait jamais cru cela de leur part.

*

Plusieurs mois s'étaient écoulés, les Jeux, peu à peu, se dissipaient dans les mémoires collectives, le groupe en était revenu encore plus fort, encore plus riche. On pensait déjà à autre chose. La terre ne cessait pas de tourner pour de telles entreprises.

Un matin, Émilie vint annoncer à Léa que quelqu'un souhaiter la voir, elle n'avait pas bien compris son nom au téléphone, il venait de Londres pour autre chose et voulait profiter de sa présence à Lyon pour la rencontrer. Il était directeur d'une entreprise de relations publiques, lui aussi.

- Je l'ai prévu pour demain à onze heures.

Léa, habituée à ces visites, impromptues, n'y prêta pas d'attention particulière. On verra demain ce qu'il veut, se dit-elle.

Le lendemain, elle avait prévu d'aller au cinéma le soir avec Alix sans repasser chez elle. Elle mit un pull Boss en cachemire clair assorti d'un pantalon noir et des escarpins en vinyle à talons épais, ceux qui faisaient le plus de bruit lorsqu'elle marchait dans les couloirs, ceux qui faisaient sursauter le plus Guillaume quand il les entendait. Des boucles d'oreilles en forme de petits éventails en or se balançaient légèrement dès qu'elle bougeait un peu la tête, ce qui était du plus bel effet. Elle était à peine plongée dans ses dossiers que le téléphone sonna.

- Votre rendez-vous est arrivé.

- Dites-lui de monter.

Quand la porte s'ouvrit, elle eut un coup au cœur. C'était Robin !

Il avait à peine changé, une tenue toujours décontractée, bien qu'il portât maintenant une cravate, mais elle aussi était un peu de travers.

En moins d'une demi seconde, toutes les années d'étudiante passèrent devant ses yeux. Elle fut animée d'un zèle juvénile qu'elle avait perdu depuis longtemps, elle vit défiler devant ses yeux tous le événements, comme s'ils venaient de se produire. Elle resta sans voix. Elle tressaillit, se leva et fit un pas vers lui.

Robin n'était pas absolument certain de lui, elle avait tellement changé, tellement changé...S'était-il trompé ? Il ne l'avait aperçue qu'un instant dans ce grand hôtel de Londres au milieu de la foule, image fugitive qui l'avait pourtant interpellé. Pourtant, il avait bien vérifié son nom, à Londres, et maintenant encore, sur la porte de son bureau. Mais on n'oublie pas son premier amour, le temps qui passe n'est pas autorisé à provoquer le doute, puis elle s'était levée d'un coup, elle l'avait reconnu, oui, c'était elle, c'était Léa, il en était certain. Cela justifiait sa démarche, il avait eu raison de venir.

Alors, comme s'ils ne s'étaient quittés que la veille au soir, d'une voix calme et assurée il parla le premier :

- Dois-je t'appeler Madame la Directrice ?

La réponse sortit de la bouche de Léa sans qu'elle s'en rendît compte, le timbre de la voix de Robin n'avait pas changé, elle se sentait troublée, tout devenait intemporel. Elle ne put que répéter :

- Dois-je t'appeler Monsieur le Directeur ?

Vous avez demandé à me voir, Monsieur le Directeur ?

Les titres ronflants les firent rire, du même rire qu'autrefois quand ils n'étaient rien. Ils étaient maintenant de nouveau étudiants à la fac et repartaient en vacances ensemble, la main dans la main, comme si les douze années passées n'avaient pas existé. Ils parlèrent beaucoup, de leur parcours, de leur réussite, de tout, de tout. Robin était marié avec une Anglaise, il avait un fils d'un an qui ne parlait pas encore, ni anglais ni français, mais qui bientôt parlerait les deux.

Il y eut, dans le cœur de Léa, un sentiment de nostalgie en apprenant cela, comme si Robin l'avait précédée dans le processus normal de la vie. Aurait-elle pu être la mère de cet enfant ? Si seulement elle n'avait pas raté ce maudit examen qui avait été la cause de tout. Elle en voulait encore à ce professeur qui avait si mal posé le sujet et qui s'était éclipsé juste après son forfait. Elle demanda des détails sur sa femme : comment était-elle, que faisait-elle, avait-il une photo ?

Non, il n'avait pas de photo, il est rare qu'un homme ait la photo de sa femme dans son portefeuille. Il fut un peu évasif, donna peu de précisions comme s'il ne voulait pas que sa femme s'immisce entre eux deux, elle ne connaissait pas l'existence de Léa, le passé lui appartenait totalement, il fait partie de soi, c'est une référence à laquelle on fait mentalement appel si le besoin s'en fait sentir et qui doit rester cachée.

Aujourd'hui, c'était exceptionnel, le passé était là, devant eux, qui les regardait, qui sondait leur cœur, avant de s'en retourner définitivement.

Léa ressentit, bien malgré elle, une pointe de jalousie envers cette femme qu'elle ne connaîtrait jamais et qui avait porté l'enfant de Robin. Alors, elle eut une pensée insensée en se disant qu'il aurait suffi d'un peu d'inattention pour que ce rôle lui revienne. Pourquoi le hasard ne s'en était-il pas mêlé, au moins une fois, en chamboulant leurs calculs? Il le faisait bien pour d'autres.

Robin passa rapidement sur les années difficiles qui avaient suivi la fin de ses études, puis la chance lui avait souri. Sa connaissance de l'anglais lui avait permis de s'expatrier dans les meilleures conditions, et de trouver un emploi à Londres dans le domaine de ses compétences.

Depuis peu, il dirigeait un cabinet de relations publiques à Londres. Il lui raconta comment il l'avait aperçue lors de la présentation dans ce grand hôtel, mais cela avait été furtif, il avait cru à une simple ressemblance. Il n'avait pas osé s'approcher.

- Tu as toujours été un peu timide, tu n'as pas changé, lui répondit-elle en souriant.

- Je n'avais pas eu de tes nouvelles depuis si longtemps. treize ans déjà, depuis la fac.

Léa sentit revenir brusquement ce sentiment de culpabilité qui périodiquement lui rappelait leur séparation et qui lui provoquait toujours ces pointes de vague tristesse lorsqu'elle se retrouvait seule, le soir chez elle. Elle devait dire quelque chose, percer l'abcès, lui demander pardon sans se compromettre, mais comment ? Il fallait qu'elle trouve, maintenant, elle ne pouvait pas attendre. Elle gagna un peu de temps en l'invitant à déjeuner. Pendant le trajet du bureau au restaurant, qui était à côté, elle trouverait les phrases qui la soulageraient.

C'était la première fois qu'ils se trouvaient ensemble assis à une table dont la nappe était brodée, dont les verres étaient en cristal, dont le maître d'hôtel se courbait légèrement en demandant s'ils avaient fait leur choix.
Robin rompit le silence.
- C'est mieux que la dernière fois, tu te souviens, on avait mangé le plat du jour, serrés comme des sardines, avec des serviettes en papier rose, devant une carafe d'eau du robinet !
Léa aurait voulu sourire, mais sa gorge était nouée, c'était le moment.
- Tu sais, Robin, je ne t'ai pas quitté de gaîté de cœur, je ne pouvais pas faire autrement, ne me demande pas pourquoi, ne me fais pas pleurer, j'en ai souffert autant que toi. Je te demande pardon, mais ne me demande pas pourquoi.
Robin ne chercha pas la raison, elle était sans doute grave, elle faisait partie de l'intimité de Léa, à laquelle il n'avait plus aucun droit. Il trouva aussitôt les mots qu'il fallait.
- Disons que la vie nous a séparés, que le hasard nous a joué un mauvais tour, nous avons bien réagi. Je ne garde de toi que les meilleurs moments, il y en a eu beaucoup.
La réponse de Robin effaça quatorze ans de remords dans le cœur de Léa, elle en éprouva un grand soulagement et une infinie tendresse.
Ils en vinrent à parler de leur travail. Robin lui donna la raison de son passage à Lyon et tout naturellement les prestations des Jeux Olympiques de Londres furent évoquées.
- J'ai retiré notre candidature à l'organisation de la cérémonie d'ouverture dès que l'exclusivité de la

retransmission à la télévision nous a été accordée. Je ne pouvais pas assumer les deux charges en même temps, mon entreprise n'avait pas l'étoffe suffisante. Il restait donc trois concurrents pour cette prestation. C'est toi qui l'as eue, félicitations ! Mais ce que je ne comprends pas, c'est comment cela s'est fait, puisque vous étiez plus chers que les deux autres ?

Léa devint blême.

- Comment sais-tu que nous étions plus chers que les autres ?

- Dans ces grandes manifestations qui mobilisent tant de monde, on parle souvent sans rien dire, mais parfois, on dit des choses sans vraiment parler. La somme exacte que vous proposiez n'était pas réellement connue des trois autres concurrents, mais en recoupant les indiscrétions de votre représentant, on en avait une idée assez précise, moi je me suis retiré de la course, mais les deux autres avaient bien compris l'opportunité qui leur était offerte.
Ils avaient proposé un peu moins, je l'ai su après, quand cela n'avait plus d'importance.

Il ne fallut pas davantage de temps à Léa pour comprendre : c'était Guillaume !
C'était bien le but de l'opération, il fallait qu'ils sachent et ils avaient su, mais ce qui blessa très profondément Léa fut le fait que Guillaume soit le coupable, car son agissement était directement dirigé contre elle. Il voulait donc qu'elle échoue, qu'elle soit déconsidérée, qu'elle perde sa place. C'était l'arme à double tranchant qu'elle avait tant redouté et qui maintenant apparaissait sous une forme inattendue. Elle avait échappé à un danger certain. Aveuglée par l'esprit de vengeance qu'elle

distillait continuellement sur lui, elle n'avait pas vu venir le contrecoup. Jamais il ne lui était venu à l'idée que lui aussi pouvait se venger.

Elle réagit avec sang-froid, en professionnelle.

- Il y a toujours des gens qui parlent trop, déclara-t-elle d'un air à la fois contenu et un peu détaché sans faire la moindre allusion à la déferlante qui suivrait ce qu'elle venait d'apprendre.

Elle fit un effort surhumain pour ne penser qu'à Robin en mettant de côté provisoirement tout ce qui concernait le comportement de Guillaume. Elle reprit le visage souriant qu'elle avait autrefois lorsqu'ils étaient amants et qui l'avait tant troublé. Elle ne voulait surtout pas gâcher les heures qu'ils passaient ensemble et qui ne se renouvelleraient peut-être pas. Elle réussit au-delà de ses espérances. Elle lui détailla le procédé qu'elle avait trouvé pour neutraliser l'action malveillante attendue de la part d'un inconnu, destinée à faire refuser leur offre.

- Et vous l'avez démasqué ?

Elle répondit d'un simple oui sans insister, il ne devait pas savoir qu'il en était bien involontairement le dénonciateur. Guillaume et Robin devaient, à ses yeux, rester séparés par un océan et par une chaîne de montagnes, les plus hautes possible.

Ils se quittèrent en emportant dans leur cœur, plein de leur amour passé, l'immense joie que le hasard leur ait permis de se revoir, sans doute pour la dernière fois. Les dernières phrases ne furent pas conventionnelles, ils n'échangèrent même pas leurs adresses, ni leurs numéros de téléphone, ils ne dirent pas : « on s'appelle, on s'appelle ». Ils s'embrassèrent pour la dernière fois et chacun reprit le chemin que le destin lui avait assigné.

*

De retour à son bureau, Léa informa son patron.

- Je crois savoir qui c'est, lui dit-elle, mais j'ai besoin de preuves ; j'ai des relations à Londres, je vais les interroger, ils me diront volontairement ou involontairement s'il s'agit vraiment de lui. En recoupant les renseignements, je serai fixée. Dans trois ou quatre jours, vous aurez le nom.

Elle retourna à Londres, mais ne chercha pas à revoir Robin. Elle rencontra ceux qu'elle voulait, parla, les laissa parler, déjeuna avec eux, et parla encore avec d'autres, qui, eux aussi, avaient des choses à dire, puis elle prit le thé et, tout en appréciant des petits gâteaux secs, en questionna encore d'autres. Tous les anciens concurrents, quand il n'y a plus rien à gagner deviennent affables et évoquent entre eux le contrat perdu comme une partie d'échecs jouée, sinon entre amis, du moins entre confrères, partie qu'ils gagneront la prochaine fois car, utilisant les mêmes techniques, ils jouent à armes égales et il y a de la place pour tout le monde.

Ils étaient tous persuadés que leur interlocuteur avait volontairement annoncé un montant trop élevé pour les tromper et ils étaient tombés dans le panneau. Une belle stratégie de la part de votre groupe, avaient-ils reconnu, mais pas très fair-play. Qui est fair-play dans le milieu de la finance ?

Léa ne put s'empêcher d'être amusée par l'aspect cocasse de leur réaction, mais elle ne le montra pas. Finalement, Guillaume avait contribué, bien malgré lui, à la réussite de la stratégie qu'elle avait mise en place. Le hasard, une fois de plus, se moquait de lui, de son comportement, comme s'il était devenu irrécupérable et qu'il était inutile de lui rendre le moindre service. Il fallait l'abandonner à son sort.

Elle en savait assez, aucun doute possible, le nom de monsieur Bonnet avait été mentionné par tous.

Alors, dans l'avion qui la ramenait, un doute insupportable lui vint à l'esprit : Guillaume avait-il quelque chose à voir avec les échecs précédents, ou bien y avait-il quelqu'un d'autre ? Toutes ces affaires étaient-elles liées au même homme ? Dans le cas présent, elle se sentait directement visée, mais pour les autres fois, elle n'y voyait aucun rapport. Elle réfléchit longtemps, tourna et retourna le problème dans tous les sens et, lorsque l'avion se posa, elle avait en tête un fil conducteur qui, dans le meilleur des cas, la conduirait à la réponse : elle voulait tout savoir de l'entreprise qui avait remporté les précédents contrats.

Dès le lendemain, elle demanda à Émilie de lui apporter les dossiers correspondants. Elle y passa des heures, chercha sur Internet les prestations réalisées, elle y trouva celles qu'on avait ratées. Tout paraissait d'une banale normalité, la taille, le lieu du siège social, le nom des dirigeants. Allait-elle tout refermer et s'avouer vaincue ? Le fil conducteur ne l'avait menée nulle part, il faudrait trouver autre chose.

Elle était épuisée, il ne restait plus qu'elle dans les bureaux.

- Je fermerai en partant, avait-elle dit à Émilie.

Elle posa ses lunettes sur le bureau et se frotta les yeux avec les mains pour signifier qu'elle en avait assez fait.

Soudain une image et une phrase traversèrent l'obscurité qui l'enveloppait.

Elle se vit à la terrasse de l'hôtel « La glycine » à Annecy, treize ans plus tôt, lorsque Guillaume lui avait dit « Que penses-tu de la remarque de Larchet ? »

Elle n'avait entendu ce nom qu'une seule fois, et il était maintenant écrit partout devant elle sur des dizaines de pages. C'était le nom du directeur de l'entreprise en question. Était-ce un homonyme ou une simple coïncidence ? Il fallait vérifier, tout de suite, tout de suite, cela ne pouvait pas attendre. Sa fatigue s'était brusquement dissipée, ses yeux ne piquaient plus. Elle eut quelques gestes brusques, désordonnés.

Elle rouvrit les dossiers, chercha partout et trouva. Il s'appelait bien Sébastien.

Elle alla directement sur Internet et chercha son cursus universitaire qu'elle compara à celui de Guillaume. Pas d'erreur possible, même fac et mêmes dates. C'était bien son ami d'autrefois.

Guillaume avait favorisé l'entreprise de Sébastien Larchet à quatre reprises au détriment du groupe qui l'employait, et cela supposait qu'il en avait tiré personnellement un certain bénéfice, une sorte de rétrocommission en quelque sorte. Sinon, pourquoi aurait-il fait cela? C'est ce qu'ils croiraient tous quand ils sauraient. Cela était largement suffisant aux yeux de tout le conseil d'administration pour qu'il perde immédiatement sa place sans aucune indemnité. Léa ne soupçonna aucun lien entre ces affaires et elle. Il ne pouvait pas citer son nom d'une manière ou d'une autre pour se disculper ou pour faire du scandale. Dans un certain sens elle se sentit rassurée.

En revanche, pour ce qui concernait la prestation de la cérémonie d'ouverture des Jeux Olympiques elle n'était sûre de rien. Elle hésita, essaya de prévoir ses réactions, envisagea des options à l'issue incertaine. S'il s'énervait, s'il perdait son sang-froid, qui sait ce qu'il pouvait sortir. Mais son manque de discrétion volontaire et son jeu personnel, avaient favorisé la réussite du projet, bien malgré lui, certes, mais alors, pourquoi en parler ? Il n'y avait eu aucun préjudice, bien au contraire. Elle prit la décision de garder cela pour elle, c'était un compte personnel qui ne regardait pas le conseil d'administration, le reste était déjà suffisamment lourd pour peser sur leur décision.

Elle décida que, pour sa part, il était temps de cesser de jouer avec le feu. Elle ne s'était pas brûlée, mais avait senti un vent trop chaud la frôler. Elle ne recommencerait pas.

Elle fit son rapport comme elle l'avait promis, sans complaisance, mais sans surenchérir. Les faits qu'elle avait découverts ne l'impliquaient pas directement, puisque les quatre marchés perdus ne concernaient pas le service international qu'elle dirigeait, elle pouvait les relater sobrement, de la façon la plus neutre possible sans y ajouter une quelconque animosité personnelle. Et même si les indiscrétions londoniennes venaient aux oreilles du directeur général, elle pourrait toujours dire que cela faisait partie de la stratégie qui avait réussi. Puisque cela avait été un succès, ils n'iraient pas chercher plus loin.

Elle ne participerait donc en aucune manière à la décision que prendrait le conseil d'administration à l'encontre de Guillaume.

*

Les conséquences pour Guillaume n'étonnèrent personne, même pas lui-même. Sa folle envie de détruire celle qu'il n'avait pu avoir l'avait conduit à jouer trop haut, il avait tout perdu. Il aurait dû savoir que personne n'est propriétaire de personne, mais il n'en était pas encore là.

Il s'étonna sans réagir, que son comportement à Londres ne fût même pas évoqué. Personne n'en avait donc rien su ?

On le démissionna comme on le fait, en termes galants, pour un ministre, afin d'éviter que le groupe n'en sorte largement éclaboussé. Ceux qui, de l'extérieur, regarderaient avec envie le bel immeuble en verre qui abritait les bureaux où toutes les grandes décisions étaient prises, devraient penser qu'à l'intérieur tout baignait dans la plus parfaite harmonie. Sauver les apparences, telle avait été leur stratégie, cela avait bien fonctionné.

Monsieur Bonnet n'eut pas l'occasion de croiser, ne fût-ce qu'une seule fois, le regard de Léa, avant de s'en éloigner définitivement. Cette fois, Laura avait vraiment fini d'exister. Il raconta à sa femme une histoire à dormir debout, et se tourna du côté de son ami Sébastien Larchet qui, comme on pouvait s'y attendre, fit preuve à son égard d'une grande tiédeur, de peur d'être compromis dans une histoire qui ne le regardait pas, qui ne pouvait lui apporter que des ennuis, et dont il n'avait pas entièrement compris les motivations.

13

C'était définitivement fini pour Guillaume Bonnet, il avait disparu. Léa ne le reverrait plus. Le mauvais génie de la vengeance qui l'avait harcelée pendant tant d'années ne l'importunerait plus jamais. Elle avait gagné cette bataille dont l'issue incertaine l'avait préoccupée durant tant d'années.

La vengeance ressassée si longtemps, lui avait apporté d'abord une joie âpre et forte, suivie d'un apaisement certain, mais il lui avait fallu deux années pleines pour l'exécuter. Elle avait, croyait-elle, non seulement recouvré sa dignité, mais aussi, dans un certain sens, rendu justice à toutes celles qu'elle ne connaissait pas, victimes avant et après elle, du même prédateur.

Elle pouvait à présent croire à l'amour total, désintéressé, celui qui ne repose que sur une attirance réciproque sans aucune considération d'aucune autre sorte, celui qu'on ne peut pas expliquer, le seul qui résiste aux épreuves du temps.

Cependant, quelque chose la tourmentait encore. D'abord de façon diffuse, puis ces derniers jours, de manière plus incisive. Alors que le sort de Bonnet devenait inéluctable et que sa chute se précipitait, elle se sentit encore intérieurement rongée par une impression de culpabilité comme si elle avait délibérément poussé cet homme à commettre les actes aussi incompréhensibles que répréhensibles qui lui avaient fait perdre sa situation.

Elle avait été bien contente de le trouver, cet homme, quand ses finances à elle étaient au plus bas. Que serait-il arrivé s'il n'avait pas existé ? Elle porterait peut-être encore des traces physiques dues à un autre, en plus de celles psychologiques qui lui avaient empoisonné la vie depuis douze ans.

Depuis le jour où elle l'avait revu à ce cocktail, elle n'avait cessé de jouer avec le feu pour l'exciter continuellement, comme une chatte le ferait avec un mulot sachant pertinemment que son issue serait fatale. Mais, il ne tenait qu'à lui, pensait-elle, de renoncer, de ne pas insister, de se faire oublier, il était maître de ses actes, il avait, lui aussi, joué avec le feu, et même provoqué un incendie dans lequel il s'était brûlé.

Mais elle savait pertinemment que ces excuses ne tenaient pas, car connaissant depuis bien longtemps son caractère entier et dominateur qui fait illusion à tant de femmes, elle savait que ce type d'homme ne peut pas résister à une tentation bien menée par une femme décidée et Léa se savait suffisamment séduisante pour faire partie de ces femmes-là.

Mais était-elle dans son droit moral en imaginant tout ce processus d'autodestruction qu'elle avait suscité chez Guillaume ? Était-elle certaine qu'il n'y avait pas eu de dégâts collatéraux ?

Elle n'était certaine de rien.

Pour se donner bonne conscience, elle chercha dans les revues qu'elle feuilletait chez son coiffeur ou dans les salles d'attente, si le commerce des « sugar babies » était toujours aussi florissant. Elle trouva des témoignages, des commentaires et des chiffres qui ne la rassurèrent pas. Elle en parla à Sandra qui ne s'en étonna pas.

- Qu'est-ce que tu croyais ? Cela ne peut qu'augmenter.

Tout n'était donc pas terminé pour Léa. Elle devait s'attendre à une période transitoire, douloureuse, dont elle ignorait la durée, pendant laquelle elle ruminerait tout ce qui s'était passé depuis deux ans. Elle devait absolument se faire aider pour en atténuer les effets et la raccourcir au maximum.

Elle pensa encore à Sandra, son amie de toujours. Mais Sandra était trop pragmatique, elle ne sondait jamais le fond des cœurs, seuls les objets concrets l'intéressaient vraiment. Il fallait que ça bouge devant elle pour la faire réagir.

- Pense à autre chose, lui répétait-elle à chaque question posée.

C'est ce qu'elle essaya de faire.

Heureusement, il y avait Jordi, qu'elle voyait de plus en plus souvent. Lui, saurait trouver les mots qui lui feraient tourner définitivement la page de son passé. Une heure d'avion ce n'est rien. Elle connaissait maintenant tous les beaux endroits de Barcelone. Ils étaient retournés plusieurs fois au palais de la musique, au Tibidabo, au parc Guell. Elle s'y trouvait un peu chez elle. Elle sentait qu'elle était amoureuse de lui, elle en était certaine maintenant. Pour la toute première fois, elle pouvait l'aimer sans aucun frein. Tout semblait tellement aller dans le bon sens, avec lui. Chaque fois qu'elle pensait à lui, elle entrait dans un état de bien-être voluptueux. Ils n'avaient jamais fait de projets d'avenir, mais désormais tout devenait possible.

Le prochain week-end, elle le passerait avec lui, elle l'appellerait ce soir en rentrant chez elle, pour s'assurer qu'il serait libre. Une simple formalité.

Elle était encore dans sa voiture lorsqu'un bip lui signala un nouveau message. Elle le lirait plus tard, une fois arrivée.

C'était un message de Jordi :

Bonjour Léa,
J'ai enfin trouvé la femme idéale, cette fois j'en suis certain, je te raconterai.
Je t'embrasse.
Jordi.

Aussitôt après l'avoir lu, elle l'effaça, éteignit son portable, s'assit et pleura. C'était le prix à payer pour effacer le passé.

Une autre version de la Judith et Holopherne du Caravage avait été découverte dans un grenier. Était-elle authentique ? Les experts disaient que oui. Une fois restaurée, elle était exposée dans une galerie de Londres en attendant sa mise en vente.

Léa s'y rendit dès qu'elle put. Elle resta longtemps devant cette scène qu'elle connaissait si bien. Le directeur de la galerie londonienne trouva son insistance normale, il ne l'interrompit pas, ne posa pas de questions. Qui était-elle ? Un acheteur potentiel ? La fondée de pouvoir d'un grand musée ? Comment aurait-il pu le savoir ?

Bien en face du tableau, elle regarda Judith avec insistance et ses lèvres frémirent. Un observateur averti aurait pu y lire : « Dis-moi, Judith, toi qui l'as fait bien avant moi, combien de temps t'a-t-il fallu pour t'en remettre ? »